鞠 躬

冰心儿童图书奖获奖作家作品

黄克庭/著

中国书籍出版社

图书在版编目（CIP）数据

鞠躬/黄克庭著.—北京：中国书籍出版社，2018.3
ISBN978-7-5068-6814-3

Ⅰ.①鞠… Ⅱ.①黄… Ⅲ.①科学幻想小说—小说集—中国—当代 Ⅳ.①I247.7

中国版本图书馆CIP数据核字（2018）第062736号

鞠 躬

黄克庭 著

丛书策划	牛 超 蓝文书华
责任编辑	成晓春
责任印制	孙马飞 马 芝
封面设计	天下装帧设计
出版发行	中国书籍出版社
地 址	北京市丰台区三路居路97号（邮编：100073）
电 话	（010）52257143（总编室） （010）52257140（发行部）
电子出箱	eo@chinabp.com.cn
经 销	全国新华书店
印 刷	北京一步飞印刷有限公司
开 本	710毫米×1000毫米 1/16
字 数	220千字
印 张	12
版 次	2018年6月第1版 2018年6月第1次印刷
书 号	ISBN978-7-5068-6814-3
定 价	32.00元

版权所有 翻印必究

目录 CONTENTS

有支钢笔丢不了	001
鞠　躬	004
拜望恩师	007
老　许	011
要不骗人也真难	013
鱼与佛	016
进去就知道了	018
向我看齐	020
梦　想	022
猪八戒的住址	025
溯源镜	027
超级美容店	029
考古学家	031
厂　址	033
须有国	034
本　事	036
悟空治病	038
悟空取经	039
天　网	041
吃　惊	043

毕业鉴定	046
会　宝	049
安乐死	051
梦幻时代	055
你病了吗	058
天地玄黄	061
忏　悔	064
满　足	067
干菜怎样算炒熟了	069
恐惧创新	071
想给孙子发奖金	074
张　慢	077
白开水	079
等下任村长	081
羊肉和酒	084
一贴灵	086
不锈钢	088
祸　首	091
牙　祭	093
疤	094
是我自己弄错了	097
好　狗	098
职　称	099
失　落	102
校　服	104
抹　布	106

救　灾	108
耍　猴	112
后生可畏	113
一群蚊子在头顶飞舞	115
千张焐肉	119
我是朱八成的儿子	122
十年流水账	125
女儿的答案	128
出　名	131
决　断	133
小山村的眼睛	135
新闻时代	137
人生最大乐事	140
曹雪芹卖书	142
孔乙己走狗运	144
魔鬼身材	147
文　物	150
证　词	154
"老哥"修理部	157
鼠　害	160
电子保姆	162
龙　椅	163
嗜　好	164
笑　狗	165
逃离地球	168

有支钢笔丢不了

记得11岁那年，上小学五年级的我还未能用上钢笔。

那时，全班没有钢笔的只有两个人了。另外那个就是我的同桌，绰号叫"小地主"的。他曾有过钢笔，是他自己弄丢了。

那年暑假，我捡了一大堆桃核，细心地将每个桃核敲碎，取出里面的核仁儿，晒干后，两分钱一斤卖给一位土医生，换回了11个1分硬币，准备买钢笔。我坚信，我能靠自己的劳动买上一支钢笔。

11个硬币数来数去数了两天后只剩下10个，我心痛了许多天。后来，我到代销店里，费了许多口舌后用10个硬币换回一张1角的纸币。

我的同桌"小地主"家也并不富有。人家叫他"小地主"，原因是他常讨人嫌，令人厌。那天，与人追跑时，他一脚踩扁了班里"老童生"的一只乒乓球。

"老童生"3年内留过两级，个子高，资格老，爸爸又是大队（村）干部，班里谁都怕他。

尽管乒乓球只是5分钱一只，然而"小地主"却赔不起，结果一连三天挨"老童生"的耳光。

第四天，"老童生"对"小地主"说："再不赔，一天打三顿！打了还要加倍赔！"

然而，一个星期过去，"小地主"还是没有赔还乒乓球。

我实在不忍心看下去，可又不敢为他撑腰。左思右想，翻来覆去，最终我作出了一个了不起的决定，用卖桃仁的1角钱买来两只乒乓球，替"小地主"还了债。

"小地主"对我很感激，我第一次看到他流下了眼泪。他对我说："我会还钱的！"

一天夜里，朦胧的月光下，"小地主"塞给我一张钞票，说："今天我家里的猪卖了，爸爸给了我1角钱。"

回到家里，独自躲在昏暗的煤油灯光下，面对纸币，我惊呆了。

我手里拿着的明明是1元钱！

1元钱，是我从未拥有过的天文数字。我反复回忆"小地主"还钱时的场面，心里一直在嘀咕：是"小地主"花了眼了吗？"小地主"的爸爸也花了眼了么？

第二天，我怕见"小地主"，装肚子痛没去上学。

中午时分，"小地主"跑到家里来看我，问我为什么没有去上学。我见他丝毫没有取钱的意思，悬着的心渐渐放了下来。

一个月后，我用"小地主"还回的1元钱，买来了我平生第一支钢笔。

每当我用这支来历极不光彩的钢笔写字时，我总是深深地感到愧对"小地主"，尽管"小地主"一再声明我是他最最要好的朋友。

那年我20岁，大学毕业了。我平生第一次领到工资时，第一件事就是给修

了8年地球的"小地主"汇去20元钱，同时给他寄去一封信，向他说明当年还我1元钱的事，并真诚地向他道歉，请求得到他的原谅。当我从邮局出来时，我似乎轻松了许多。

很快，我收到了"小地主"的回信和他寄回的20元钱。信中说，还我1元钱并不是他眼花，那钱也不是他爸给他的，而是他趁爸换衣服的时候偷来的。为此，他还被他爸揍了一顿，并罚跪了一夜。爸问他钱哪儿去了，他说是买饼吃了。信尾，他还是重申，我是他最最要好的唯一的

朋友。

　　朋友，多么神圣而亲切的字眼！然而它又让我羞愧和不安。

　　三十多年过去了，我买过许多支钢笔，也遗失了许多支钢笔，然而，一直没有遗失的是我的第一支钢笔。我将永远爱惜它，珍藏它！

鞠　躬

　　这是初冬的一个傍晚，西边的太阳虽还没有落下山，但也只有丈把高了。天上没有彩霞。太阳被裹着小刀子的北风磨得亮锃锃的，看去好像是十五的月亮。

　　想起自己最得意的学生宋连元三天没来上学，音讯全无，我不免加快了步伐。离考大学，数数日子只剩二百来天，怎能松松垮垮？我还盼望他明年考个高分，给我脸上贴贴金呢！虽是第一次去家访，人生路不熟，但我认定，只要翻过前面这个山冈，就快到宋宅村了。

　　撇下几棵零星的杂树后，我就上了山冈，只见前方三四里远处，有两排村子，一左一右，相距二三里，皆是炊烟袅袅。我不知哪个是宋宅村，就想找个人问问。

　　四下张望，终于发现左边百步外的一块小农田里有一人在劳作。

　　我走了过去。这块小农田不大，大约不到一百平方米，种着糖梗。看到周围都是荒芜的杂草山地，我就认定这是"见油就揩"的吝啬鬼式的农民利用别人打情骂俏的时间摸来的外快。地里的糖梗一半多已翻倒，其余的也全部被剥光了身子，且砍了头。

　　我走到农人跟前时，见他正吃力地摇晃着一根糖梗，犹如七八岁的顽童在拔比自己身高的春笋。拔了多次，仍没将其拔出。其实，这根糖梗并不挺拔，倒是矮小，只是有些粗蠢罢了。仔细一瞧，这块地里的所有糖梗都是侏儒，没一根有我肩膀高，且枝枝节挨着节，明显是营养不良、青春期饱受干旱之苦的产物。我真怀疑，这些糖梗是否能榨出糖水来？拿到市场上，是否会有人要？我不知道，主人收割这些糖梗，是把它当作柴火，还是把它当作儿童玩耍的棍子出卖？

因要问路，出于礼貌，我叫了一声："老伯！"

他没什么反应。在我叫了他四五声后，也没有应，我真怀疑他是否聋哑。直到我拍了拍他的肩膀后，他才缓缓转过身来——

我被吓了一大跳，像被触电一样本能地缩回了手，似乎老农的身上寄居着众多的病毒与病菌。

这位老农肯定是我见过的唯一的令我心颤的人。

他，身高不足一米四，像他的产品一样，也是侏儒，看去已有五十来岁，头发短脏灰白。那张可怖的脸布满了鸡皮疙瘩，比癞蛤蟆的皮还难看，枯燥不堪，胜过千年枯木。特别是那双患了严重白内障的眼睛，呆滞晦涩，毫无生气。我真怀疑，他虽立在我的眼前，但是否真的还活着？

他的手掌粗糙不堪，犹如千年古松的树皮。他穿着单薄，上半身只有一件又灰又脏的粗布衬衫，但我相信，初冬的寒针根本穿刺不了他那身粗厚麻木的皮肤！

我不由自主地伸开自己的手掌，欣赏起自己细嫩的皮肤、匀称的手指、光洁的掌背与掌面……我突然觉得自己的手是如此的美丽与健康，如此地充满活力与神气！

忽然，我很想哭。因为我发觉，面前的老农的那双手，很像十四年前从建筑工地的脚手架上摔下而死的劳累了一辈子的舅舅的那双手；面前的老农的那张脸，好像就是养育了五个姑姑三个伯伯一个叔叔、把桌上的鸡屎当作豆酱吃掉的爷爷的那张脸；面前的老农的那双眼，不管怎么看，都像为筹子女上学费用日夜不停地纺麻线挣钱却一直拒治眼病的老母亲的那双眼！

面前的侏儒老农，又去费力地拔他那侏儒的糖梗了。因为他不知道是谁拍了他的肩膀，也不知道有人叫过他。我终于肯定，眼前的老农是一名又聋又哑又瞎的人！

　　北风忽地卷起几片枯黄的糖叶，在我眼前艰难地翻动着，令我感到阵阵寒意。我退出农田，却忽地冒出一个可怕的念头，这个艰难活着的老农，会不会是我得意门生的家长？忽然，我恭恭敬敬地向老农鞠了三躬。这是我有生以来第一次真诚地向农民鞠躬，也是我有生以来第一次真诚地给脚下的土地鞠躬。

　　没走出三十步，我忽然清晰地听到后面有一个声音传来："喂，小伙子，你刚才是否叫过我？"

　　怎会有人说话？这老农不是又聋又哑又瞎吗？难道天底下真会突然出现奇迹？心虽狐疑，但我还是坚信自己没听错。

　　回头一瞧，一轮火红的夕阳正被西山顶着，在满天的晚霞的背景上映着一个顶天立地的黑黑的人影，那片仍挺立着的糖梗在天幕中宛如一根根撑天的黑柱子——真似梦境一般，美极了。

　　面对突来的奇景，我不禁又深深地弯下了腰。

拜望恩师

出现在我们面前的竟然是这样一幅画面：一座背靠一片竹林、坐北朝南、排三四厢、两层砖木结构的江南民居，被大火烧得只剩东面两间厢房。断垣残壁边长满了一二尺高的各种野草，有一些不知名的野花正摇头晃脑着，似乎想打听我们这两个不速之客的来历和身份。被烧的房子，还剩着一人多高的残墙和未被完全烧化的、乌黑的、嶙峋的木本构架，那直刺天穹的焦黑的七八根房柱，像手机信号转发天线，正默默地向远道而来的我们播撒那大火的熊熊气势与乌黑浓烟的滚滚热浪……

给我们指路的热心的老村妇个子虽然矮小，身高大概只有一米半，穿着也很土气，但口齿非常伶俐。她告诉我们，贾老师就住在没被火烧掉的两间厢房里。

从健谈的老村妇口中，我们得知：这个村子只有一个贾姓，全村总人口不到三百，这座被大火烧掉的房子是全村档次最高、规模最大的老房子。30年前，这座房子曾挤住过8户人家。改革开放后，住在这座房子里的人逐渐移到山下、城里——穷怕了的人个个都忙着下山脱贫，进城打工，致富奔小康去了。7年前，这座全村最好的房子竟成了一座空房。5年前的大年初三夜，不知怎么的，这座房子忽然起了火，就成了如今这模样。现在，全村的青壮年都走了，仅剩下不到四十来个体衰的老年人。算来算去，今年61岁的贾老师，是如今住在村子里最年轻的人了！老村妇得意地说，她比贾老师整整大一轮，是看着贾老师长大的堂婶。

老村妇说，贾老师是该村唯一念过大学的人。1963年，贾老师考上大学时，全村户户人家都给他放鞭炮，户户人家都给他送鸡蛋！都以为，贾老师是个大有出息的人。唉，谁又想得到，贾老师不知犯了啥病，58岁那年，也就是3年前，居然自己辞职，只身回到了村里，住进了二十多年不曾住人的祖房里！唉，听风水先生说，我们村地皮太薄，山太穷，长在这里的人呀，成不了大材！真是应验得很哪！听人说，幸好贾老师有一个在县政府当官的学生，想方设法为贾老师保住了退休工资。可是，贾老师并不领情哪！据说，保住贾老师退休工资的理由是：贾老师神经不正常！也就是说，贾老师脑子有毛病，所以才会辞职回老家！现在，贾老师每天与七八只羊做伴，早出晚归，满山遍野地跑。他常常跟人说，养了大半辈子猴子，最得意的是，教出了36只会说洋话的灵猴，没想到，这些学会了说洋话的猴子全跑到国外去了。真是糟蹋了粮食，糟蹋了心血，糟蹋了手艺，糟蹋了希望，真是愧对那些饿死的猴子！更对不起那些被饿死的人！这是犯罪呀！真是愧对祖宗，愧对先贤，愧对自个儿唷！

贾老师说，最可气的是，他的宝贝儿子出国留学后，就再也没有回来，还娶了一只说什么"大吉大利"（意大利）的洋猴做老婆；他的女儿，竟然被他的猴子勾引到了卖（美）国。这还不算，最终，他的老婆——一个每天三餐做啥菜烧啥饭都做不了主、依附了贾老师大半辈子的女人，居然也跟随女儿出国不回来了，专为女儿养小猴子去了……如今，大家都以出村、出山、出国为荣，可贾老师就是讨厌"出国"……他的脑子正常吗？

站在贾老师的老屋前，听着老村妇的娓娓诉说，我忽然发现我哥的脸色变得铁青，我忙问："你咋了？不舒服？是不是爬山累着了？"

哥没说话，也没看我，只是两眼慢慢地清点着那些被大火烧焦的房柱……

贾老师是我哥的恩师，原是县城第一中学的数学高级教师，是我哥高中两年的班主任。贾老师是个很偏心的人，高二上学期末，同学们起初没评我哥为"三好学生",结果害得全班学生举行了7轮"三好学生"的评比,直到全班都知道非把我哥评上不可为止。没有贾老师,决不会有我哥的今天。1978年,我哥考上北京大学,我家特地邀请贾老师来家里做客。那天,我哥怕请不动贾老师,遂叫我一同前往,说是兄弟俩"就是拖也要把贾老师拖来"。没想到,到了县城一中,说明来意后,贾老师竟很爽快地答应了。

县城离我家有五十多里远,其中有40里是山路,只能用双脚走。那天,师母说,贾老师前两天扭伤了脚,还没好呢,要我们等贾老师脚伤好了以后再来。正当我们不知如何是好时,贾老师却坚定地要跟我们走。贾老师说,山路有什么好怕的,他自己就是从山路里走出来的!26年后的今天,被美国某大学聘为"终身教授"、在美国定居已17年的哥哥,和已担任县交通局局长的我,能用自己的双脚走二十多里山路去拜见贾老师,无疑,两者是有千丝万缕的关系的。

那晚,贾老师和我们兄弟俩同睡一张床,一晚上几乎没睡觉。因为贾老师喝醉了酒,我和哥守着贾老师直到天明。

一晃26年过去了。

这次,我哥回乡是以"外商"的名义回来的。去年,我领导的交通局因没有完成县里下达的"招商引资"任务,我这个新任局长被新任县委书记狠狠地批评了一顿。今年,要是也没法完成380万美元的"招商引资"任务的话,我的前景可就难以预料了。

总算"吉人天相",做房地产生意的内弟给我出了一个好主意:资金由他想办法在本县筹措,然后想法转到国外去。"外商"由我想办法,让我哥担任。事成之后,县里给"外商"的政策性优惠由我哥领取、内弟享受。经过周密的部署,我们各得其所。"大事"办妥以后,在老父的一再督促下,终于,我陪我哥来到了贾老师的祖居前。这是我哥出国留学以后首次来拜访贾老师。

"我的故乡并不美,低矮的草房苦涩的井水,一条时常干涸的小河,围绕在小村的周围……"忽然,从远处飘来了雄壮而沙哑的歌声。老村妇闻声忙笑着对我们说:"贾老师回村了,你们到村口看看去吧!"

渐渐地,映入我们眼帘的是,三只雪白的大羊首先从前面约百米外的山冈的树林中蹿出,四五只童羊尾随其后,而后一个清瘦的挥舞着羊鞭、吆喝着歌声、穿着一身灰黑中山装、散乱着满头华发的山民爬上了山冈。

"归来吧,归来哟,浪迹天涯的游子;归来吧,归来哟,别再四处漂泊……"忽地,半首分明有些走调的《故乡的云》从贾老师那沙哑的喉咙里向四周飘散开去。

我正要向前去迎接贾老师,不料,我哥却向后拉了我一把。

"我们躲一躲,还是不见为好……"哥边说边径自走开了。

我大感,忙追上去问哥:"好不容易来到这里,怎么没见上贾老师就要走了?不是白来了吗?"

哥说:"你又不是瞎子,怎会没见着他?他的房子,他的身子,他的羊和他的歌,还有他的猴子……不是都看见了吗?"

我定了定神,问:"贾老师的猴子在哪儿呀?"

"不要用眼……要用心去看……你的身边就有一只……"哥的脸好像全是冰。

老　许

老许又一次晕倒在讲台上了。

等他醒过来时，村长已经坐在他的床前了。他的仅有的六个学生也端端正正地排列在他的床前。他自从十七岁开始在这个山区村小教书起，至今已有三十一个年头了，然而每届学生数从没超过十人的。一个学校也就他这么一位老师。整个学校的一切事务全由他一人承包。

"许老师，你终于醒过来了……"村长含着泪花，紧紧握住老许的手。村长也是老许教出来的学生。

老许示意孩子们离去。"……看来，我这次是真的不行了，可我不甘心哪……"

"你为家乡的教育事业呕心沥血，累成这样……"

"说句真心话，家乡……这穷山恶水的，我可从没真正爱过它呀。……我当初选择教书这条路，目的却是……为了能飞出这个山窝窝……"

老许平静地告诉村长，自己之所以一心扑在教育事业上，目的只有一个，那就是想凭借自己的"实力"冲出大山去。可是，人，一旦获得了许多"崇高"的荣誉后，申请调动到城里去的报告，却一直不敢交到上面去。老许又告诉村长，自己之所以至今没能结婚，并非"一心扑在教育上"，而是想飞出大山后再生儿育女，免得拖累下一代。老许还说，要不是这穷山恶水的，自己的病定能医治好的。老许最后一再强调说，他刚才说的这些话，千万别让别人（特别是孩子们）知道。

"我要是死了，尸体请给我送去城里火化，骨灰就安放在城里的殡仪馆里好了。"村长说："你要是'走了'，我一定将你的坟墓安置在这所学校的国旗杆下，好让人们永远记住你……"

"不，不！……我活着不能进城，死后你就让我做个城里居民吧。算我求你了，你一定要答应我。"

村长终于默默地点了点头。

老许真的死了。但村长最终却没能将老许运去城里火化。原因是去城里要翻过七座大山，很不方便，没有天大的理由怎能将一个尸体运去城里呢？当然，更重要的原因还是村长怕损害老许已经拥有的崇高形象而不愿将老许的遗言告诉村民。

"要是将许老师的遗言公之于众，他这一辈子不是白干了吗？人们听了许老师的真心话后，还会敬重许老师吗？还会看重许老师的遗嘱吗？"村长心想，"人来到世上还不是为了一个'名'吗？"

老许的墓终于坐落在通往城里的路口边上。

每年的清明、冬至日，村长都去扫墓。

令村长惶惑的是："许老师怎么从来不来托梦呢？"

要不骗人也真难

父亲从裤袋里掏出一包烟,很利索地抽出一支塞进了嘴里,尔后把烟盒递给我。我没有去接,我说:"戒了快半年了!不抽了!"

父亲把烟盒塞回裤袋里,掏出打火机点着了香烟,狠狠地吸了一口,瞬即一阵咳嗽声很快盖住了街市车水马龙的喧闹声,我说:"爸,你也戒了吧!"

父亲没有回答我的话,那只夹着香烟的右手扫了扫眼前的马路后说道:"13年前,这里全是田地,没有一点房子,如今可变成了市中心了,满眼高楼,不比杭州解放路差,变得真快啊!你瞧,那白天鹅大酒店——原来是我们家的自留地啊!"

父亲要带我去看看从我家自留地上造起来的白天鹅大酒店,我尽快劝阻道:"要过六车道的马路,危险!现在是车流高峰期,你看,车挨着车,这边三排车,那边也三排车,他们都忙着赶回家吃晚饭,太危险了!"

华灯初上,路上的人流显得格外匆匆。

"如今这年月,要不骗人——也难!"父亲边说边把还剩下大半支的香烟扔进了路边的垃圾桶里,然后,他告诉我:138天前,有一位漂亮的姑娘将小车停到父亲的跟前,摇下车窗玻璃,很礼貌地问父亲:"老伯,白天鹅大酒店往哪边开?"父亲对她说:"我没听过更没见过白天鹅大酒店！"姑娘说，她是来参加朋友的婚礼的，朋友告诉她白天鹅大酒店就在这红绿灯的附近。父亲很坚定地告诉姑娘说："这附近绝对没有白天鹅大酒店，我是这里的居民，住在这里71年了，从没离开过，附近有这大酒店，我会不知道？"

我说："白天鹅大酒店离这儿不过两百米，又是在我们家的自留地上建起来的，你怎么会不知道？"

父亲说："以前，这座17层高的大楼叫'夜来香宾馆'，由于经营不善，半年前换了主了。那天，刚好是大楼更名后开张的第一天，我哪里知道……没想到，我是那么认认真真地骗了一回问路的姑娘……"

我与父亲在人行道上并排着边走边聊，忽地被一小青年搡了，我正欲开口骂人，那小青年边跑边回头道歉："对不起，对不起，赶车！"

一辆222路公交车正驶向前方三四十米远的公交车停靠站。父亲笑道："97天前，一对小夫妻抱着一个五六个月大的婴儿，就在这个地方问我：去火车站坐几路车？我说：去火车站很麻烦，要转三次车，先过马路到前面的街道，坐8路车到市政府大门口，然后……"

我打断父亲的话："222路车直达火车站，我昨晚就是坐222路车回家的，干吗要先过马路到前面的街道去坐8路车？""222路车开通至今才108天，那对小夫妻问我时，我根本不知道这件事，因为这路车开通才十来天，我根本不知道！"父亲摇摇头，叹了一口气说道："活了七十多年，从没存心去骗人……可偏偏又认认真真地骗了别人！如今这年月，要不骗人……也真……难哩！"

父亲又掏出香烟，习惯性地叼在嘴角上，只是并不急于点着它。由于香烟含在嘴上，父亲只能含含糊糊地说着话，更像是自言自语："七十多年了，一直生活在这里，到头来却不清楚这里的变化有多大……常常说错话，认错路……真难为情哪！"

父亲终于把烟从嘴里取下来，对我说："我成天逛街和坐公交车，是为了做一名合格的老居民，毕竟我是这片土地的老主人，我要像以前熟悉田里的庄稼那样熟悉这里的商店和公交，免得再去认认真真地骗外地人！

可是，我说的这些话，你的娘就是不相信！她总以为，家里的房租每年有十多万，男人钱多就变坏——钱让我花心了，不顾家了，要到处在外面寻开心了！她怎么就不肯相信，有钱的男人还要脸皮还要良心和道德呢？真是烦死了！"

父亲终于又把香烟点着了，深深地吸了一口后又是一阵热烈的咳嗽。一名右手提着一只大布包、左手捏着一张十元钞的中年妇女向我问路："莎娜娜洗脚店怎么走？我女儿在那里打工快一年了。"

父亲接过女人的钱，对她说："他是我儿子，三年多没回来，不可能知道那地方，开出租车的也不知道！我陪你去！"

父亲转身对我说："你先回家去，帮我想想法子，怎么去哄哄你娘……弄出个她会相信的理由来，这年月，要不骗人——真是太难了！"

父亲的末句话，让问路的妇人听得一愣一愣的！

真没想到，约父亲出来散步是想解决母亲交给我的问题，却被父亲临门一脚踢到了我的身上！

鱼与佛

士俗先生到弘尘潭钓鱼。不到五分钟便钓上来一尾大鲤鱼。

水下的鱼群忽地发现少了一尾鲤鱼，便不安起来。许多鱼儿都清楚地记得，鲤鱼失踪前是往水上面去的。鲤鱼会去哪儿呢？鱼儿们议论纷纷。

忽有一曾跃出水面、见多识广的青鱼说，鲤鱼说不定是成仙了，它可能早已升到天堂里去了！

经它这么一说，许多鱼儿便想起鲤鱼的许多奇特的东西来。有的说，鲤鱼的二十七代祖宗曾跳过龙门，所以其祖上根基很深，成仙是必然的事；有的说，鲤鱼的名字取得好，"里"字里面不是藏着一个"王"字吗？它不升天，也必定要称王的；有的说，鲤鱼的相貌也与众不同，不但嘴上有两根胡须，而且连尾巴都是彩霞色的！

鲫鱼不声不响地认真回忆鲤鱼失踪前的每一个细节，它终于发现，鲤鱼是吃下一个"钩形"的"仙丹"后立地成佛升天的。当它发现士俗又将诱饵放下水时，它就不声不响地悄悄游过去，一口将"仙丹"咬住。

士俗发现鱼儿又咬钩了，连忙将鱼线扯起。由于士俗用力太过，鲫鱼被拉出水面后，嘴唇被扯破而逃生了。鲫鱼跑回水里后，惊恐地警告同类：以后见到"钩形"的东西千万别贪嘴。

谁知，鲢鱼说，像你这样尖嘴猴腮的，尾巴上没一点血色，也想成仙成佛？

鳗鱼说，生就一副贱骨，即使吃上再多的仙丹也是没用的！

鲢鱼扯了扯鲫鱼的破嘴唇后说，有运气还不够，狗头不载肉，有缘无福，只能怪你自己命薄了！

鲫鱼回到家，对子女说，以后见到"钩形"的东西千万别贪嘴——那东西进口后就会钻心地疼！

鲫鱼的儿子说，不吃苦中苦，怎成人上人？基督耶稣不是被钉在十字架上的吗？你呀，有机遇抓不住，原因就是怕痛，怕苦，怕付出！古人不是说，天将降大任于斯人也，必先苦其心志，劳其筋骨，饿其体肤吗？

士俗又一次将诱饵放入水中时，鲢鱼、鳗鱼都不敢轻易去吃，因为它俩取笑过鲫鱼是"贱骨头"、是"有缘无福"的"小人"，它俩生怕自己平时积德不够难以成佛成仙而遭人耻笑。

这时，鲈鱼看到"仙丹"降临，便不顾一切地冲上去抢食，但结果它还是迟了一步——原来，上次脱钩的鲫鱼抢先吞下"仙丹"而升天了。

对于鲫鱼的"非常举动"，鱼儿们当然又有很多话题了。此时鲢鱼、鳗鱼又有些后悔起来，一是怕成佛成仙的鲫鱼报复，二是怨恨自己患得患失，以至坐失良机，发誓以后再见到"仙丹"就要像孙悟空那样，绝不口下留情了！

士俗见钓上来一尾破嘴的鲫鱼，便禁不住嘲讽鱼儿真笨蛋！

会意老人说，世上只要有天堂存在，就会有钓不完的鱼儿。信乎？

进去就知道了

"老兄,到底摸什么?"我红着脸问那个进去"摸"过的A君。A君用鄙夷的目光狠狠地瞪了我一眼,说道:"你自己进去摸摸,不就知道了吗!我可是花了五十元钱的。"

被他这么一训,我似乎开窍多了。是啊,要知道梨子的味道,不去亲口尝尝怎么行呢?我终于下定决心,忍痛取出五十元钱,买了一张能进去"摸"的门票。心想,有此一遭,或许便不枉此生了。

微微发抖的手,按动房门的电钮,门"唰"地开了。人刚进去,门就自动关闭。走进一间亮着微弱红光的房间,只见里面空荡荡的。

我焦灼不安地等待了一会儿,仍没有什么可摸的东西出现。正要生气,忽见东面墙脚处开有一个饭碗大小的洞,上面贴着一张字条。凑近仔细辨认,看清上面写着:"请伸手往里摸。"

因洞口实在太低,我只能伏在地上,屏住呼吸,伴着"怦怦"的心跳,紧张兮兮地伸手往洞中摸去。起初什么也没有摸到,直等到伸直整只手臂的所有关节,臂根紧紧堵住洞口时,才好像摸着了什么似的。

摸了半天,直累得手臂手指发酸发痛,直累得颈、腰、背像散了架,自己却仍搞不清楚到底摸到过什么,然而又好像确实摸到过什么……

"老弟,过瘾吗?"在"五十元钱摸个够"的售票处徘徊了很久的B君问我。我本想大呼上当,然又觉说不出口,那不是等于骂自己是傻蛋吗？瞧见B君那充满期待的眼神，我不禁瞪了他一眼："进去摸摸，不就明白了吗！"

B君终于不再犹豫，掏钱买了一张门票。看见B君进了那扇厚厚黑黑的门，我忽地高兴起来。

"花此五十元，值！"我对自己说。

向我看齐

不知从何时起，书法界流传出"未入龙钟城，难算学书人"这句话，意思是说，要想自己的书法在世上有所声誉，就必须到龙钟城举办书法展销会。否则，不管你的书法造诣有多深，世人都不会认可。为此，众合市的占山市长很想圆一圆"入主"龙钟城的梦想。

其实，占山市长的书法确实已非同一般。他6岁开始学书；36岁时凭真功夫荣获全国书法比赛青年组第一名；46岁当上局长后，其书法作品开始走红；53岁上任市长后，其书法作品不但价格一路攀升，而且一直供不应求。然而，令占市长一直耿耿于怀的是，他从未到龙钟城举办过书法展销会。这从某种意义上说，占市长的书法虽然走俏，但还未"入流"，还不够上档次。

今年国庆节放长假期间，59岁的占市长终于办好一切手续，踌躇满志地进入富丽堂皇的龙钟城举办书法展销会。他想，在卸任前了却夙愿，可谓死而无憾了。

开展那天，占市长情绪非常激动，一大早就来到令书法家魂牵梦萦的书法圣地展销大厅等候"热烈、隆重、壮观"的抢购场景出现，因为占市长知道，这次108名参展者中数他官职最大、朋友最多。

然而，世事难料，龙钟城毕竟不是占市长所管辖的众合市。令占市长万万想不到的是，那"热烈、隆重、壮观"的场景，竟不属于他，而属于与他只隔8个展位的华阴先生！令人惊讶的是，除华阴先生的展位外，其余107个展位皆"门可罗雀"！

占市长在好奇心的驱使下，终于撤出自己的"阵地"，穿过里九重外九重的人墙，满头大汗地挤到了华阴先生的面前——

"……爷爷是个小乖乖，小乖乖就该听孙女的话，'文'字下面还要添上一撇一竖才能变成'齐'，我闭上眼睛数一二三，你马上添上一撇一竖，写好后一定给你买'小妞儿'吃……"一名鹤发童颜的富态老婆婆像哄四五岁的幼儿一样跟华阴先生说话。满脸长着老年斑、皮肤像蛤蟆皮、深陷的眼眶内一双浑浊的眼睛不住地眨巴着的华阴先生神情木然地坐着。

"让爷爷歇息吧，他今天已经写了12幅字了，超标了，再折腾下去，爷爷明天恐怕不再会写字了。"站在华阴先生身后的瘦长老头说道。

"不行！这一撇一竖不加上去，这幅字就没法卖，岂能功亏一篑……爷爷是个小乖乖，小乖乖就会听孙女的话……"

占市长终于发现，华阴先生不但智力只有四五岁幼儿的水平，而且其字也只有四五岁人的水平。华阴先生之所以"独霸"龙钟城，并不在于他的书法技艺，而在于他的年龄——原来华阴先生是一位世上年龄最大的寿星，今年他已经168岁。他的书法（如果称得上书法的话）作品千篇一律，任何时候都只写四个字：向我看齐！然后再加印一枚"风流人物华阴先生亲书"印章。

离别龙钟城，占市长也高价买回一幅"向我看齐"作品。他想，自己倾毕生精力练书法真是太"书生意气"了。他觉得，上了一回龙钟城，明白了一个大道理。从此以后，他把所有的精力都用在了健身上。

梦　想

第一宾馆宴会大厅流光溢彩，觥筹交错。
"只要比别人先走一步，就是成功！"
面对众人的吹捧，金老板那双布着三四根血丝的鹰眼扫视了众人后，晃了晃被他那左手举了半天的盛着大半杯红葡萄酒的高脚杯，然后伸出右手拍了拍我的肩膀，对众人说："黄克庭是我最敬佩的同学，是高中同班同桌的同学，又是同室同铺的同学。我一直记着他高一第二次大考后对我说的这句话——只要比别人先走一步，就是成功！可以这样说，我金某能有今天，就是因为一直铭记这一名言……今天，我要单独敬老同学三杯，请各位不要怪我偏心！"

众人欢呼。我却既兴奋又尴尬。兴奋的是，梦城首富金老板在宴会上给足了我的面子；尴尬的是，走上社会的二十多年里，在学校考场上的优势被世风一扫而光，四处漂泊，若不是孔老先生的门徒们的扶贫措施得力，我连个"自由撰稿人"的身份也保不住！金老板的奉承话，不正是对我这个长期跟不上时代步伐的人最大的讽刺吗？

金老板很豪爽，一下子连干了三杯酒，然后向众人亮了亮空酒杯，说道："先干为敬！"

我只有一杯的酒量，但我这次却坚决地喝了三杯酒。众人鼓掌。我忽然觉得，自己这半辈子之所以事业上无建树，是因为自己一直不敢去突破

"原我"。比如这酒量，因为我一直守旧，总是"一杯而止"，所以至今仍只是"一杯"的量。而金老板则不同了，他原先也只有"三杯"的酒量，经过二十多年的南征北战，他至今早已是千杯不醉的酒仙了。

金老板对我的"三杯"很惊讶，他说："黄克庭今天怎么换了个人？"随后他又很体贴地叫人扶我到休息室躺一下。他自己继续陪客人喝酒。

我全身软绵绵地躺在沙发上，虽感浑身燥热，胃部翻涌，但脑子却很清楚。

金老板确实是一名杰出的能人。我很佩服他。改革开放初期，正当世人迷恋机关之时，他却勇敢地下海经商去了。别人爱慕自行车时，他做起了摩托车生意。别人做摩托车生意时，他开始买地皮炒房地产了。别人炒房地产时，他开始卖轿车了。别人卖轿车时，他开始做私人飞机了……

等我酒气散去，不知过了多少时辰，宴会早已结束，客人早已走尽。我忽然想起：今天是来庆祝金老板的小公子出世8个月的，还没见过小公子呢！

我驱车来到金老板的别墅，守门人告诉我："金老板到医院陪小公子去了！"

我惊问其故。守门人告诉我，小公子出世后一直在医院里，从未到过家里。我问小公子患了什么病？守门人说小公子没患病，只是听说以后会患病。我一听，笑了："任何人以后都会患病的，等患了病再住院治疗就可以了，怎么可以到医院等病发生呢？"

"有病治病是平常人，无病早防才是聪明人！先走一步，才是成功之理啊！"守门人告诉我，经基因检测分析后得知，小公子25年后会患左胫骨炎，36年后会患颈椎炎，39年后会患腰椎间盘突出症……昨天小公子已动过手术，左胫骨、颈椎、腰椎全被高科技产品纳米人造骨替换了……金老板说，为了小公子80岁以前拥有真正健康的身体，该换的器官全部在三周岁以前换好！

我大惊失色，忙赶到医院。在特级护理病房里，只见小公子被白纱布包扎得像个小白人，一边在输液，一边在吸氧。我心头阵阵发痛，一个出世才8个月的婴儿要提前承担25年后、36年后、39年后的病痛折磨，是谁的不幸？谁的悲哀？

"你这是造孽！"我气愤地斥责金老板。

"当初我下海时你也这么骂过我……"金老板胖乎乎的双手抓住我的左手，轻轻拍了拍我的左手背说："现在孩子的三魂七魄还没有长全，懵懂无知，不知道痛苦……狠狠心，烧点钱，先让他受些苦，给他创造一个美好的未来……这是天下所有父母的梦想啊。相信，孩子长大后，会感激我这个好父亲的……"

猪八戒的住址

在东海龙宫，孙悟空与猪八戒邂逅。

猪八戒很激动地拉住孙悟空的手说："猴哥，你成了斗战胜佛后，怎么就把兄弟给忘了？"悟空说："师弟，你我在取经路上降妖伏魔、同舟共济了十多年，这段兄弟情岂能相忘？"八戒道："既然兄弟情深，那你成佛后怎么就从来不来串门呢？"

悟空说："你成了净坛使者以后，老孙就不知你住哪儿了。我曾多次打听你的下落，可终未得你的确切住址。师傅说你住在施恩镇，观音菩萨说你住在点化市，如来佛祖又说你落足于感戴城……你到底住哪里呀？"

八戒闻言后笑道："兄弟相处十余年，你难道还不知老猪的德行？老猪成了正果后一直住在高老庄呀。"

"那施恩镇、点化市、感戴城又是什么地方？"

八戒捧腹大笑一阵子后告诉悟空，施恩镇、点化市、感戴城就是高老庄。"施恩"是唐僧建议改的，其意是唐僧在高老庄收八戒为徒，才使八戒走上正道，即唐僧在此施恩于八戒；"点化"是观音的秘书授意改的，其意是观音点化八戒在先，尔后才有唐僧收徒之事；"感戴"则是如来的厨师发下来的文件，其意是八戒能得正果，岂能不感恩戴德于佛祖？

悟空笑道："师弟，三位都是领导，哪一位都不能得罪，这真是难为你了，此事你咋办呢？"

八戒摇头晃脑，得意地说："这种好事岂能难住我老猪？五块牌子一个村子不就得了！"

"哪能这样呢？"

"猴哥，时代不同了，如今可时兴几块牌子一个村子这种事了。你大概还不知道吧，西天佛祖的办公大楼门口也挂了许多块牌子……"

"到底挂了哪些牌子呀？"

"三界智能开发委员会、九天神通等级评审委员会、仙神妖仲裁委员会、生灵寿命公证委员会……可多了，老猪也记不过来，还是你自己翻个筋斗去看看吧！"

"高老庄、施恩镇、点化市、感戴城……哪来第五块牌子呢？"

"猴哥，你有所不知，自从老猪名气大了以后，《西游记》的作者吴承恩也找上门来了，他老人家还亲自给我送来了一幅他自己亲笔书写的村名：承恩宫！" "高老庄，真是一块风水宝地也！"悟空不禁感叹道。

溯源镜

自从人类的遗传基因密码被全部破译以来，基因工程便得到了迅猛的发展，基因修补技术使人类逐渐摆脱了疾病、天灾的困扰，地球人不但越来越健康、长寿和聪明，而且还越来越帅气、漂亮……

于是，寻找与发现优质遗传基因成了地球人的重要工作。优质的遗传基因一旦被人发现，马上就会被大量复制，犹如流行服装一样。

政府为了鼓励那些发现与提供优质遗传基因的人，特授予他们"优质人"、"人民代表"等荣誉称号和权利。于是，地球人逐渐变得如花似玉、健康聪明。找对象、交友，随便，反正个个都体健、漂亮、可爱；选干部、领导，随便，反正人人都文明、能干、聪明。于是地球人真正享受到了文明的成果：平等、和平、安宁。

然而，好景不长。面对同伴们越来越健康、美貌、聪明，一些"优质人"的失落感也越来越大，以至地球上终于出现了"优质人协会"，他们为了找回失去的体面，在花费巨大的人力、物力、智力后，竟发明了一种能显示基因是否被修补过的仪器：溯源镜。任何人只要站在溯源镜面前，就会被测出多少基因是被修补过的，以及被修补的程度如何。于是，地球人原先拥有的平和、安宁生活很快被破坏了。

法律规定，根据溯源镜测定的基因被修补的多寡，人类被分成超等、特等、高等、优等、中等、初等、次等、下等、劣等人。鉴定结果被制成一张卡，作为每个人的身份证。未经溯源镜测定之人，就会被法律定为"危险"、"不可靠"的非法分子。

　　优等以上的人被称为"正人君子"，初等以下的人被称为"幸运婴儿"。"正人君子"在就业、择偶、交友、提干方面总是比"幸运婴儿"更幸运！想不到，一台人类制造的仪器竟能改变整个人类的生活秩序。

　　"幸运婴儿"尽管因基因被修补得多而低人一等，但他们的智力、品貌却绝不亚于"正人君子"。于是，溯源镜一再被"幸运婴儿"们仿制。于是，真的溯源镜的功能与精度不断被增加和提高，以致溯源镜能测出被测定者的99代祖宗的基因被修补过的情况了。

　　然而，科学技术的不断进步，并没有让"正人君子"们越来越高贵，恰恰相反，随着溯源镜的性能和精度的不断提高，令越来越多的"正人君子"沮丧……

　　当溯源镜能测出被鉴定者的第8888代祖宗的基因时，地球人已找不到一个"正人君子"了，原因是人与猴的第8888代祖宗的基因竟没什么差别。

超级美容店

时新小姐走进W超级美容店。

你的眼睛太小太细，又是单眼皮，太不漂亮了，处理一下吗？

OK。

你的眉毛太短太粗太浓，处理一下吗？

OK。

你的鼻梁太低，处理一下吗？

OK。

你的耳朵太短太薄，又是招风耳，影响整体美，处理一下吗？

OK。

你的头发太土气了，处理一下吗？

OK。

你的胸脯太不饱满了，处理一下吗？

OK。

……

电脑显示屏上立即模拟出经过整改后的面容。

你这么漂亮的人儿，应该配上一个异常聪明的脑子，否则的话，别人见了，就会说你是金玉其外，败絮其中……这样吧，你的脑子也处理一下吗？

OK，OK！！

　　时新小姐走出W超级美容店时，人们发现，她的容貌一点也没有发生变化——还是原来的老模样，唯一发生变化的是，她那原本会思考的脑子被换成不辨美丑不知善恶的猪脑了。

考古学家

没有人知道他是哪国人，没有人知道他到底活了多少岁，没有人知道他姓甚名谁，没有人知道他到底翻过了多少座山、蹚过了多少条河，没有人知道他到底跨越过多少个国家。人们只知道他是一位考古学家，只知道他是一位"没能取得惊世的成果便不肯死去"的敬业家。

那天，他终于走出广袤的古原，走进二十世纪的中叶。当他惊喜地发现一段现代人铺就的水泥公路时，他那失望了不知多少年而又始终不肯绝望的苍老的眼睛顿时显露出异常的光芒。他反复考察了水泥公路的化学成分，终于肯定地得出它属于火山爆发时喷出的岩浆类物质。于是，他拼命寻找喷发这"岩浆"的"火山口"。然而，不管他如何努力，始终找不着"附近"有"火山口"。他惊叹：这实在太神奇了！这些火山喷发时才能出现的岩浆到底从哪里来的呢？他苦苦思索着。

突然，他又有重大的发现：水泥公路上有一只完整的，深度达1.23厘米的"人类"的脚印。于是他立刻运转起他那尽管已经老化、却依然想象丰富的职业脑子。他的眼前慢慢地浮现出一幅幅生动的画面来。一座火山熊熊喷发，伴着震耳欲聋的声响，从火山口喷出的巨大气柱直冲云霄。火山灰将整个天空笼罩得一片昏暗。忽然，一股岩浆如脱缰的野马从火山口倾注而下，惊恐万状的一群古人四处奔跑。一位慌不择路的古人，一脚踩进了滚烫的岩浆里……

然而，他又很快否认了自己的猜想。因为他知道，没有凝固前的岩浆是很烫脚的。而留在水泥公路上的脚印显然是"悠闲"而又"沉稳"的。在那逃命的时刻，古人不可能那么"潇洒"！从"悠闲"、"沉稳"上看，这脚印应该是在"完全不烫脚"的时候踩出来的。然而"完全不烫脚"的时候，岩浆却是早已凝固的了。在凝固的岩浆里要踩出深度达1.23厘米的脚印，这个古人该有多重呀？

计算古人的体重，对于这位考古学家来说并非难事。经过他三天四夜的繁复的计算，他终于得出了一个令他自己震惊的答案，即古人的体重至少在两万公斤以上！

面对如此重大的发现，他兴奋的脑子忽又沉静下来。他认真地、反复地审查了每一个计算步骤。当他坚信，他的计算步骤和计算结果都是不容置疑的时候，他那一向沉静的脑子立刻高度兴奋起来。地球上曾有过体重达两万公斤的"人类"，这无疑是一个"惊世之作"。

他终于写出了一部《地球上曾有过恐龙型巨人》的考古专著。由于"巨大成功"的冲击，他那经历了几个世纪的苍老的顽固的脑子终于发生了脑溢血。当人们发现他的遗体时，都惊奇地发现，他的面容是那样的安详和满足。

许多许多年后，他被尊为"考古祖师"。

厂　址

1993年。爱多美发店门口。一对老同学偶然相遇。

"这几年发了？"

"还可以！只是人太辛苦了，没有你们公仆自在。"

"人累点没关系，只要来钱就行！"

"累，太累！"

"什么时候请我去参观一下你办的厂？"

"小厂，没有档次，没有规模，怕污了你的眼睛……"

"厂址在哪儿？"

"不瞒你，同学，我办的厂没固定地点，一般是三五个月就换一个地方……"

"为何不弄个固定的地方？"

"哪能固定呢？有时，整个厂还得装上汽车转移……"

"噢——原来你是搞假冒伪劣的！"

"……奔小康呗！"

须有国

厉三手恍恍惚惚地飘进了须有国的首都甜梦市。

令他目瞪口呆的是，该国的人，不论男女老幼皆不穿衣裤，却是在每个人的胸腹部都捆扎着一只结结实实的钱袋。

在一僻静处，厉三手将一老人打倒在地，将老人的钱袋抢了过来。老人尽管身中二十八刀，且两只手掌皆被厉三手砍去，他还是顽强地举起两只血淋淋的手臂杆儿朝厉三手挥过来，厉三手被老人的气势所镇服，不敢再用刺刀朝老人捅过去，于是他抓住钱袋忙往前跑，只听后面老人声嘶力竭地叫喊着："我的钱袋，我的钱袋……"

厉三手回头一看，忽地发现有两名头戴平顶帽，胸部描着一个大红色的"公"字字样（其实，背部还描着一个大红色的"证"字字样），手里抓着电警棍的人朝他奔过来。

厉三手大惊。他忙使出浑身解数奔跑。他心想，这次跑不脱就只能认命了。

"站住！站住！"

"别跑！别跑！"

厉三手不但不停下脚步，反而更拼命地往前跑。

然而，最终他还是没有逃脱。

厉三手被带进了"公证处"办公室。

"尊敬的先生，看你的穿戴，我们就知道你是个外国人。"戴大平顶帽的人温和地对厉三手说道，"像你这样的人，初来乍到受惊是难免的……"

真是天方夜谭。

在公证处，厉三手获知，在须有国根本没有"强盗"、"小偷"等概念。在该国，衡量一个人的价值，唯一的依据便是悬挂在每个人胸腹部的钱袋里装着的钱的多少。公证员的职责就是一日三次登记公民钱袋里钱的具体数目。

因是"新开户"，在公证处厉三手交了钱袋里钱的百分之二十的公证费，并交了十万元的"须有国E等荣誉公民"证件工本费后安然地走出了公证处的大门。当然，成了须有国的公民的厉三手身上除了一只钱袋以外再无其他任何装束了。

厉三手简直乐坏了。

恍惚之间，他便由一个沧桑国的死囚越狱犯变成了一个须有国的暴发户！他心想，自己在须有国才真正有用武之地呢。尔后，他轻轻地用口吹了吹因不愿脱得一丝不挂而被电警棍灼伤的手臂肌肤。

本 事

赵爷家的电动机坏了。赵爷托侄儿将电动机送去城里修理。

赵爷给了侄儿八百元钱。

赵爷吩咐,到刘君修理店修理,明日一早务必将电动机修好拉回来。

次日下午三点多钟,侄儿才从城里空着手回来了。

赵爷急问侄儿:"电动机呢?"

侄儿递给赵爷一张修理费发票,说没钱付款。

赵爷接过一看,发现修理费只是一百八十元,大怒道:"昨天给你的八百元钱呢?"

侄儿说:"买衣、买鞋花光了。"赵爷这才发现侄儿从头到脚都已焕然一新了。

赵爷狠狠地扇了侄儿两记耳光:"还我钱来!"

侄儿大叫道:"一记耳光二百元,再来两下,咱俩就扯平了!"

赵爷闻言,高高举起的手掌立时就僵住了。

原来,二十年前,赵爷也是"卖"了四记耳光得了八百元钱后才有本钱做生意的人。

赵爷骂道:"钱不光要学会赚,而且还要学会花!只图一身雄鸡毛有何用?"

侄儿说:"你不是常说,会花别人的钱的人,才算有真本事吗?"

赵爷骂道:"天底下的人这么多,你怎么要到你亲叔叔处来拐钱呢?"

侄儿说:"你不也是要到用人的时候才想起自己有一个侄儿吗?要不是看在叔侄的情分上,那电动机早已在废铁收购部了!"

赵爷气歪了嘴,禁不住又扇了侄儿两记耳光。

"如此,你我就两清了!"侄儿扭头就走了。

悟空治病

话说唐僧师徒在去西天取经途中，那日他们一行到达了朱紫国。

朱紫国王正害病，国医们束手无策。

悟空获悉后，便设法揭了皇榜，欲医国王之病。

悟空令人取来草药八百单八味，每味三斤。然而，他却只用了大黄、巴豆两味，且每味只取一两，外加锅脐灰、马尿，制成"乌金丸"，说是用此药便可去除国王之疾。

八戒笑骂悟空道："你这猴子也太损人了，八百单八味药，每味三斤，你只用它两味二两，这不是太糟蹋人家了吗？"

悟空说道："你这呆子哪里明白世理！人，有了地位以后，哪个不是讲究体面、排场、铺张？想当年，老孙在花果山刚有了点资本，便要弄个'齐天大圣'的帽子，何况是这些凡夫俗子？现朱紫国王的病根在心里，不投其所好、对症下药岂能济事？"

果不出悟空所料，朱紫国王服用"乌金丸"后，心舒气顺，病愈了。

悟空取经

话说孙悟空随唐僧去西天取经途中，路过白虎岭时，白骨精因欲吃唐僧肉，施计三度变化成"良民"戏弄唐僧，皆被悟空的火眼金睛识破。

白骨精因此丢了性命。

可叹的是，除妖英雄孙悟空不但没有得到奖励，反而遭受猪八戒的谗言诬语，被师傅唐僧念了几番紧箍咒，痛得在地上连连打滚。

"可怜把个行者头勒得似个压腰儿葫芦"。而后，唐僧又用一纸辞退信将悟空从"修正果"的队伍中开除了。

悟空回到花果山，想起打杀白骨精的前前后后，越想越气，遂一个筋斗翻到西天，去如来佛祖面前告了唐僧一状。

如来听完悟空的言语，笑道："要修成正果，你还是要去做唐僧的徒弟的。"悟空说道："取经途中，妖魔千千万万，个个都善变化。老孙跟随如此昏主，恐怕等不到修成正果，在半途，便死在师傅的紧箍咒里了！"

如来闻言，细一思忖，对悟空说道："我给你一个护身符，保你免遭紧箍咒之苦。"

佛音未落地，一段锦书已从半空飘落至悟空头顶。

悟空大喜，忙接过护身符——锦书藏于怀中。

辞别如来，一个筋斗回到唐僧面前。

唐僧见到半日前被辞退的猴头又回到跟前，忿忿骂道："你这猴头，去了又回，是何道理？难道你还想惹我念紧箍咒吗？"

悟空拍了拍胸脯，笑道："这回可不怕你念什么咒了！如来佛祖给了我一个对付紧箍咒的护身符了。"

唐僧不信，遂低头闭眼念起咒语。

悟空自觉头顶立时疼痛难忍，慌忙跪到唐僧跟前求饶。

唐僧笑道："你不是有个护身符吗？"

悟空从怀中取出锦书，撕了个粉碎，口中禁不住大骂如来。

说也奇怪，那锦书碎片儿飘落至地，立时便复原了。

只见锦书上面有一行金光闪闪的文字，渐渐地变大变清晰起来。

八戒近前一看，大叫道："猴哥，快过来看哪，对付师傅念咒的办法写在锦书上哩！"

悟空忙睁开火眼金睛，只见锦书中有八个大字："增强自我保护能力。"

唐僧见状，阴笑道："你这猴头，要是你先看了这佛祖真言，再返回我面前，岂不免遭一回头痛之苦！"

……悟空一时竟无言以对。

天　网

索拉西是人类第一大刽子手，因为偷猎濒危动物鸡驮凤坐牢六年而仇视整个人类。他越狱后，先将核大国M国的三颗超能级核弹头神秘地盗走，而后把全球第二大城市W国的海中月夷为平地，使四千五百六十七万生命一瞬间在地球上消失！

就是这样一个十恶不赦、万劫不复、死有余辜的恶魔，却在全球人的一心一意围剿中神秘地失踪……

四十年后，正当地球人逐渐淡忘索拉西时，他却又突然出现在世人面前——主动向W国H市的警察局投案自首了。

"索拉西"的名字再次轰动全球！

原来，索拉西在引爆三颗超能级核弹头之后，很快就成了众矢之的！正当他被世界警察围困到孤岛沙中舟时，被核爆炸的超级能量波吸引而来的黄克庭星球人所见，不知缘由的黄星人见索拉西如丧家之犬，以为他是受世人迫害的不幸者，便将其救走。

一到黄星，诚惶诚恐的索拉西很快就眉开眼笑了，因为黄星上生机盎然，风光无限好，地球上所有的动植物在这里都能见到。并且，在地球上仅仅是传说中的动物，如龙、麒麟、凤凰、长翅的老虎等，一应俱全——这是一颗超级文明星球，地球上的所有生命皆发源于它。令人不可思议的是，所有动物一律温顺可亲，绝无张牙舞爪、气势汹汹者。

索拉西的恶性很快又暴露出来，到达黄星的当天上午9时，惊魂刚定后，他就将一只大猴子绑在树上，敲开猴脑壳，活生生地将猴脑吃了；中午11时半，他又将一头幼熊的四只脚掌砍下吃掉……因地球上的猴子和熊灭绝而多年无法解馋的索拉西，一饱口福后很快就做起了美梦……龙肉的滋味怎样？麒麟腿的味道如何？凤凰的血是不是有点甜……

正当索拉西不断地做着美梦时，次日上午9时，他被一阵剧烈的头痛惊醒了，直痛得他满地打滚，呼天抢地！中午11时半，索拉西的手与脚又突然疼痛起来，像被刀砍一样……天天如此！月月如此！年年如此！索拉西四处求医，却始终找不到医院和医生。

终于，黄星人告诉索拉西，黄星上既没有警察，也没有医院。黄星上的动物，其行为皆被由三万六千万颗人造卫星组成的超级智能遥感卫星系统所监视。那天，索拉西杀猴和砍熊的过程，全被遥感卫星所监测，于是，超级智能遥感卫星系统马上将受害猴子与熊的"痛苦脑电波"拷贝（复制）到索拉西的大脑里，并且每天按时触发它——这叫做"以其人之道还治其人之身"，自作自受！

另外，黄星上的卫星遥感系统还有强大的防菌、防毒、杀菌、杀毒功能，所以也就没有医院了。更令人惊讶的是，黄星上的空气是经过特别调制的，其中包含动物新陈代谢所需的所有成分，所有动物只需呼吸空气就能维持生命，根本不存在弱肉强食的悲惨状况！

每天受"裂脑"与"断肢"煎熬的索拉西终于选择了自杀、跳楼、跳水、自焚……但每次都死不成，因为超级智能遥感卫星系统时刻监视着被惩罚者的脑电波信息，自杀脑电波一旦被其监测，它马上就用"反相波"进行干扰，使自杀者顿时不知该做些什么！

经过四十年反省与炼狱生活的索拉西，最终央求黄星人将其送回地球，虔诚地跪倒在犯下滔天罪行的地球土地上。

索拉西怎么也想不到，黄星超级智能遥感卫星系统惩罚他的期限就是四十年，否则它绝不会让索拉西离开。

等待索拉西的是，地球人对他的宣判！

吃 惊

分别二十三年后，我的大学同学、全年级成绩最差的阿亮居然成了举报前十年至十八年间全球最大疑难刑事案件的获奖专业户！

获此消息，让我大大地吃了一惊！

半年前，阿亮又成为全球人关注的焦点——因为他忽地被人指控为"全球最大的恐怖分子"——是一个比"本·拉登"、"扎卡维"更可怕的"瘟神"！否则，全球那么多刑事疑难案件，他怎会了如指掌？

上个月，国际法庭判处阿亮死刑。临死前，阿亮竟然点名要我见他一面。这又让我大大地吃了一惊！

在国际监狱，我终于见到了阿亮，这是我俩大学毕业后，首次相见。

只见阿亮盘腿坐在地上，其面容酷似"济公"和尚，全身单衣单裤，赤着脚，眼神还是与二十多年前一样，不肯正面看人。

突然，阿亮双手捧住我的脸，像端详久别的情人，仔细地看了我二十多秒钟，直看得我毛骨悚然。尔后，他狠狠地扇了我七八记耳光，直打得我晕头转向，耳朵一个劲儿地嗡嗡作响。只听他口里吼叫道："你还我清白——还我清白——还我清白！"

真似噩梦一般！

狱官却喜滋滋地对我说："阿亮是疯狗，咬到谁，谁倒霉！明天枪毙阿亮，要不要亲眼看看？"

是非之地，岂能久留，我如惊弓之鸟，迫不及待地逃离了国际监狱。

不知是梦是真？不知是虚是实？嗡嗡作响了九九八十一天的左耳朵，忽然恢复正常，却神秘地浮起阿亮的声音。阿亮告诉我，因有监视器和窃听器，不得不这样做。他说，有一位名叫"魔西"的电脑专家将一台"还真仪"送给他，要他给"还真仪"不断地升级，以便让"还真仪"的"频谱"不断扩大，"灵敏度"不断提高……

阿亮说，宇宙具有"全息性"。所谓"全息性"，是指宇宙中的任何地方、任何时刻都具有整个宇宙的所有信息。中国先人提出的"天人合一"思想，正是对宇宙"全息性"的深刻揭示。当今科技已经充分证明，全息照片中的任何一小块都拥有整张照片的所有信息，只要得到任意一小块，就能还原整张照片；人体中的任何一个细胞都拥有整个人体的所有信息，只要将某个细胞进行克隆，就能"复制"一个人。历代考古学家、天文学家，就是利用"全息性"而开展研究工作的。要是宇宙不具有"全息性"，今人怎能了解远古时代的人类生活？要是宇宙不具有"全息性"，地球上的人怎能了解几百亿光年之外的天体的运动规律？要是宇宙不具有"全息性"，分处全球各地的电视机怎能同时收看同一节目？要是宇宙不具有"全息性"，我们又怎能利用手机随时与世界各地的人进行交流？

阿亮说，"还真仪"是一台专测人类生活信息的电子仪器，对它进行细致的"调谐"，就能搜集到某个人的生活信息，并具体地显现出来。可惜，现在的"还真仪"其"频谱"不够大，只能测到距今前十年至十八年间的信息；其"灵敏度"也不够高，只能测到二十五岁至三十一岁人的信息。如果不断地给"还真仪"进行升级，则其"频谱"与"灵敏度"都会向"两极"延伸。要是"还真仪"能测到任何人任何时间的所作所为，则恶人、坏人就无立足之地了……到那时，世上的所有真相都无法掩盖，一切冤假错案还会不大白于天下？各地的贪官污吏岂有容身之所？

阿亮说，他是利迷心窍，用"还真仪"搜索全球重大刑事案件，虽得到了巨大的钱财与名利，却也因此惹红了许多以前看不起他的高能同学（他们怎能容忍低能儿坐上卫星？）的眼睛，使自己身陷囹圄。

阿亮说，"还真仪"是用"有缘人"的脑电波进行升级的。当初，魔西老人在临终前将"还真仪"送给他，正是因为他的脑电波与"还真仪"相匹配的缘故。可惜的是，庸俗之气扰乱了阿亮的脑电波，以致"还真仪"无法升级了。

阿亮说，他用"还真仪"测出我的脑电波很纯，可以使"还真仪"升级，要我排除干扰，使之不断升级，千万别步他的后尘，以免他以及许多被冤屈的人永远含冤于九泉之下。

最后，他把"还真仪"的藏身之所告诉了我……这又让我大大地吃了一惊！

你猜，他把"还真仪"藏在何处？

原来，他早已狠狠地把"还真仪"扇进了我的左耳里！当我能听到他的声音时，表明"还真仪"已在我的耳道内成功"着床"，并已健康发育……

毕业鉴定

夜深人静，已瘦削了半身血肉的月亮早早地被重重浮云搅扰得奄奄一息了。朦胧中，三条黑影时快时慢、时隐时现地奔向红楼神堡的毕业鉴定中心大楼……瘦高个捏着微光电筒，用白天"克隆"好的钥匙，敏捷地打开了E波毕业鉴定室的大门，顿时三条黑影鱼贯而入。

三人不敢点亮室内电灯，只能凭借微光电筒和白天所侦察到的情况找出E波头盔、连接导线，以及调控键盘。

瘦高个叫小平头坐在E波毕业鉴定椅上，把E波头盔套到小平头的脑袋上，矮胖子敏捷地将连接线逐一插好。瘦高个坐上操作台，按了一下起动钮，尔后，按照电脑显示屏上的提示，输进一串密码，仪器顺利进入正常运行状态。三人顿时舒心地相互点了点头。

瘦高个轻哼了一句："注意！预备，开始！"并按了一下"赖得"键，立时，小平头脑袋上的E波头盔环起三圈光亮的闪耀彩带，只见电脑屏幕上的毕业鉴定分数栏上的数字从0开始逐渐递增。

当"分数"慢慢地升至"29"时，小平头忽地惨叫了一声——昏过去了！

瘦高个镇静地按了一下"还原"键，五分钟后，小平头恢复神智，羞愧地叹道："这毕业关，还真难过唷！"小平头回忆道：恍恍惚惚中，参加工作的第二年遇上了一位才貌双全的女助手，此人很善解人意，彼此灵犀相通，多次向她求爱，但她就是不明确答复。眼见情敌是越来越多，小平头遂决定"先下手为强"，择机强暴了她——于是，灾祸从天而降，最终身陷囹圄。直到听见一飘然而至、鹤发童颜的老者反复唠叨"你呀你，亏就亏在——看到的，就当作自己的"以后，才清醒过来。

矮胖子听完小平头的"失足"经历后，取笑道："区区一个'色'字都战胜不了，还算是大丈夫吗？"

于是，矮胖子利索地将E波头盔戴到自己的头上，然后坐到鉴定椅上，向瘦高个叫道："开始吧！"

瘦高个轻哼了一句："预备，开始！"并按了一下"赖得"键，立时，矮胖子脑袋上的E波头盔又环起三圈光亮的闪耀彩带，只见电脑屏幕上的分数从0开始逐渐递增。

当"分数"缓慢地跳过"29"时，瘦高个与小平头都不由自主地叫了一声："哇噻！"

然而，矮胖子虽然过了"29"这道坎儿，却在"41"这道坎儿上栽倒了！当电脑上的分数升至"41"时，矮胖子也惨叫了一声——昏过去了！

瘦高个按了一下"还原"键，五分钟后，矮胖子恢复神智，脸色青白地摇了摇头："只过了'色'关，却过不了'财'关，难道真的是——鸟为食亡，人为财死？！"矮胖子回忆道：朦朦胧胧中，自己就进了银行工作，每天经手的现钞可谓不计其数。天长地久后，终于发现，贪污公款、挪用公款的机会多得很。只要多操点心，割点"野草"，犹如囊中取物一般。正由于"来得容易"，所以"去得也快"。且贪心如洪水泛滥，一发不可收拾！于是，人从云端堕落并不需要多长时间。直到听见一和尚反复念叨"你呀你，亏就亏在——摸到的，就当作自己的"以后，才醒悟过来。

瘦高个听完矮胖子的"堕落"史后，并没有取笑矮胖子，叹道："人能跨过'色'关和'财'关，离君子也就不远了！不知我的内功如何，今晚让自己了解了解！"

瘦高个果然"高人一等"，他不但轻松过了"29"关，而且平静地过了"41"关……然而，他最终却没能过"60"——这一毕业鉴定的"合格"关。当电脑上的分数显示为"53"时，瘦高个也惨叫了一声——昏过去了！

瘦高个回忆道：他是在政府机关坐了十五年冷板凳，眼见平辈同事一个个不论品德、才学皆升官走了，最终只剩下他一个老童生坚守老岗位。这一年，忽地空缺了一个办公室主任，瘦高个想来想去，此位子是非他莫属，于是暗暗高兴。没想到，最终却让一个乳臭未干的上岗不到半年的黄毛丫头给挤了，气得瘦高个心脏病连升三级！直到听见一老年痴呆症患者反复念叨"你呀你，亏就亏在——想到的，就当作自己的"以后，才慢慢回过神来。

五天后，红楼神堡爆出一大新闻，留学红楼神堡的君子国公民有三人通过了E波超级人生模拟器的毕业鉴定，三人得分分别是：60分、61分、64分。这是五百年来君子国高才生留学红楼神堡的第一批跨过"看到的"、"摸到的"、"想到的"三大坎儿的正式毕业生。

会 宝

宗公活了一辈子，开了大半辈子会议。先是宗公坐在会场里听人家讲，后是别人坐在会场里听他讲。

宗公渐渐发现，会是越来越难开了，与会者不是吞云吐雾、交头接耳，便是昏昏沉沉、迷迷糊糊打瞌睡。宗公清楚地记得，他卸任前的最后一次在主席台上的讲话根本没一个人听。宗公很伤心，觉得自己白活了一辈子，尽管他步步高升、官运亨通，但在他自己的印象里日子却像流水一样过去而无所建树，甚至未能真正控制过一次会场的气氛。

宗公退职后，日夜为自己的碌碌无为而抑郁，终于染疾而终。

宗公把自己的愿望托付给了好朋友吴有。吴有是位电脑专家，其发明创造影响了整个人类的生活。吴有为了完成好友的心愿呕心沥血，刻苦钻研。

三年后，吴有发明了一种专门用来调节会议气氛的高科技产品——会宝。这种像空调一样的东西，装在会场上，不消十分钟，会场内的人就会在会宝的气息作用下，自身的心理、生理功能受到抑制，所有举动全被会议主持人所控制。因此，用了会宝的会场，与会者总是"微言耸听"，整个会场总是秩序井然。

于是，会宝风靡全球，不但被所有会场所拥有，还进入了幼儿园、中小学校……

因发明会宝而大赚了一把的吴有,从银河系外旅游归来后发现,整个地球变成了一个大会场,地球上的人都变成了几千年前的秦兵马俑的模样了。

吴有经多方考证后方知,原来有了会宝以后,地球人便极爱开会,结果是会越开越多、越开越大、越开越长,导致地球人最终都饿死在会场上。

安乐死

麻秆村的人都说麻四老头的福气好，但麻四老头却一直说自己命苦，而九婶总骂麻四"这老东西太没良心"！

这工夫，麻四老头又在麻秆村的老年协会麻将厅里，边抓牌边骂女儿了。"还说是医学博士、教授，还说是全国最年轻的院士哩，居然自己看不好自己身上的毛病……"麻四老头一边说话一边打出一张"东风"牌。

"啊哈哈——"又掀起众人一阵开怀大笑！

"这博士、教授、院士，不知道是怎么搞来的？自己给自己看病，居然是越看毛病越多……"麻四老头将刚刚抓到的一张"九筒"牌不假思索地抛了出去，却立即被对面的九婶"碰"走了。

"啊哈哈——"众人又是一阵开怀大笑！

"这老东西是越来越不像话了，吃女儿的，花女儿的，还骂女儿，真是太没良心了……"九婶边认真组牌边笑骂麻四老头。

麻四老头根本不在意九婶的笑骂，还是一边随意地笑骂自己的女儿，一边随意地抓牌、出牌。

其实，麻四老头今天说的这些话根本不新鲜，麻将厅内的人不知听过多少遍了。然而，众人还是很爱听，好像是第一次听到似的。整个麻将厅被众人的笑声炒得热热烈烈的。

麻四是麻秆村的大名人。其父是麻秆村的大地主，村里九成多的土地解放前都归他家。因出身成分不好，麻四没娶上媳妇，却生下了一个女儿，那是麻四与村里的寡妇（九婶的大姐）的产品。

麻四的女儿取名为麻凡，幼时常受父亲的冷遇，因为麻四与寡妇之间的事就是有了"麻凡"之后而增添了许多麻烦的。

没想到，麻凡长大以后，人不但漂亮，而且聪明，她是麻秆村恢复高考后的第一个大学生，如今在省城的一所大学的附属医院里供职。麻四的女婿是省里某部门的主任。据麻四说，他的女婿是一个不通情理的人。因为，他女婿所管的钱，虽然可以吃肉吃鱼喝酒抽烟和住高级宾馆，但不可以吃药打针和住医院。近十年来，麻四的毛病是越来越多，几乎整个身体都有病。按麻四的话说，就是女儿在医学界的声誉越高，他的毛病就越多——这不是绝大绝妙的讽刺吗？有人戏说：如今医院唯利是图，医生收受红包，搜刮病人，可能是老天看不过去，特意搞的报应呢！麻四不无得意地透露，他花掉的药费和住院费都由女婿改名为餐费和住宿费而报销掉。

如今，麻四却突然神奇地百病全消，因住不惯城里，特意回到老家麻秆村养老。孝顺的女儿专门聘请九婶为其父的保姆，每月工资是800元，另又给麻四800元零花钱。麻四的零花钱几乎都在麻将桌上输给村里人。村里人说笑话，这保姆费和零花钱说不定也由女婿改名为餐费和住宿费报销掉了。

村人羡慕麻四的福气，麻四却怨恨自己的女儿。麻四说，年轻时因社会毛病多，致使自己多受罪，年老后因自己身体毛病多而活受罪，既然女儿是一流的医生，怎么就保不了老爸的身体？真是命苦！

"麻四，你今年八十了吧？属虎的吧？"李根笑盈盈地拎着一把茶壶，走过来给众人续茶水，他是老年协会的专职司茶工。

"要给我做寿吗？年三十是我的生日，我这只老虎——只剩一点点尾巴……要是老娘能多熬几个时辰，那可就是大年初一……那就是金兔子的命啦……""老虎好！我想，你这八字就生在这老虎的尾巴上！你想想，如今的老虎是国家重点保护的动物，比大熊猫还稀少、还珍贵，难怪你的福是享也享不完！"李根似发现新大陆，很得意自己的"新发现"。

"你太年轻，不懂事，我受苦的时候，你的爷……"麻四边说边用茶杯去接李根的壶水。

众人又是一阵开怀大笑。

"那，你得老虎年的正月初一出世！"李根插嘴道，"那样的话，我们这些乡巴佬可都见不到你了……"

"唉——李根，你给我记住，今年的腊月是小月，没有三十日，你想给我做寿的话，你得提早哟！"麻四将刚抓到的一张"白皮"牌抛了出去。

"碰！"对面的九婶开心地叫道。

"你的好牌，全给九婶拿走了，就叫九婶给你做寿吧！"

"你……你……你……我就知道你……不是个好东……西……

谁也没有想到，麻四竟然头一歪，就这样离开了人世！

麻四死了。哭得最伤心的人是九婶。九婶躲在家里哭道，保姆费才领了八个月……这八个月，麻四能吃能喝能睡且无一点病痛，原以为麻四能长寿，起码再活十年没问题……本想替早死的大姐享点福……怎么自己这么命苦？！

一年后，麻四的女儿麻凡成了医学界的新星。她的研究成果是，正常人的机体预警系数是0.7，即人体内的器官其功能丧失百分之七十时，才出现明显的病症。如果将预警系数调低，如调到0.4，则人体内的器官其功能丧失百分之四十时，就会出现明显的病症，这样就很便于疾病的早期发现和早期治疗。但是，预警系数调低的负面影响是人经常被告警，即人体经常出现病症，也就是人会经常"生病"。尽管机体有自动的修补功能，可是人的机体毕竟每时每刻都与各种邪气作斗争，每时每刻都在损兵折将，常常出现险情是必然的。反之，如将预警系数调高，如调到0.9，则人体内的器官其功能丧失百分之九十时，才出现明显的病症，这样的话，其人一定很少"生病"，只是一旦出现病症，就如雪崩，就无法抢救了。

人们终于明白，晚年的麻四之所以多病，原因是女儿想让他长寿，故意调低预警系数，让病症及早出现，以便得到早期治疗。没想到，麻四经不起病痛的折磨，经常讥笑女儿无能，取笑女儿的"博士"、"教授"名号。

　　把自己的机体预警系数也调低的麻凡博士，在饱受了疾病折磨的痛苦，觉得人经常生活在病痛中而长寿并非是好事之后，终于狠了狠心，将麻四的预警系数调高到0.9——于是，麻四无病痛地快乐生活了最后八个月。

梦幻时代

这天，夜阑人静，月光如水。我独自伏案写作。正当我思维迟钝、昏昏欲睡之际，忽觉一道蓝光破窗而入，令我心头一怔！

到底发生了什么事？我推窗向外张望时，却见一非常面熟但一时又想不起他到底是谁的白面书生向我打招呼："快去，快去，法庭正在审判比尔·盖茨哩！""哪个比尔·盖茨？是不是美国的微软大王？为何要审他？"

白面书生笑骂道："傻蛋，前去看看不就清楚了吗？"

我觉得有理，便跟着他而去。

走出居室，抬头看天，一轮明月格外刺眼，然而地上的路却怎么也看不清楚。深一脚，浅一脚，不知走了多长时间、多少路，只知脚下绊脚石很多，跌得我鼻青脸肿，浑身疼痛，一路喊娘不已。

忽想起那个叫我出来的白面书生，举目四顾，不但找不到他的影子，甚至连天上那个亮得扎眼的月亮也不知何时消失了。顿时，我既恐惧又恼怒，禁不住声嘶力竭地大骂起来。

没想到，在这空旷寂静的夜空中，我的叫骂声竟启开了一扇大门。那是离我约三四百米远的一座城堡的大门。此门犹如炼钢炉中的门，随着它的开启，一道雪亮的光柱从中涌出，迅即划破寂静的夜。

只见门内走出两位美若天仙的礼仪小姐，她俩身着紧身蝉翼般的游泳装，笑盈盈地飘到我的眼前，彬彬有礼地问我为何骂人，到底骂谁？

我如实相告后，两位迷人的小姐对我说，只要听她们的话，她们就能为我解气，并一再声明，她们无所不能，任何为难之事到她们手上都易如反掌……口若悬河的骗子我见得多了！虽然她们楚楚动人，但我对她俩并无好感，我拔腿转身就走。

两小姐很敏捷，一前一后拦住我，个子稍高者告诉我，她们是"如愿"集团公司的促销员，为了提高企业的形象，公司定期为顾客搞免费服务……

个子稍矮者忙接口对我说，恭喜先生，今天正是我们的免费服务日，你无须付钱便可了结心愿。

我仔细摸了摸口袋，发觉身上没有一分钱，也就不怕她们敲诈了。因身子确实被跌得浑身伤痛，对白面书生恨得咬牙切齿，遂经不住两小姐的引诱，走进了"如愿"城堡。

人虽走了进去，但我心里仍有疑惑，我问引路的小姐，白面书生会在里面吗？怎么才能找到他？

两小姐笑眯眯地对我说，急啥呀？到时候你自然就清楚了！

两小姐将我带进了一个小花园，递给我一副眼镜后说道："戴上它，你就能很容易地找到想找的人了！"

我将眼镜架上鼻梁，稍一定神，顿觉脑子一片空白，忙屏气凝神，却听见白面书生的笑声飘然而至。真是怪事！怎么说来就来了呢？我忙张眼四顾，却见白面书生正在前方不远处的小亭子上独自在说笑。我分明听见白面书生在讥讽我，说什么世人就爱幸灾乐祸，一听说名人遭殃落汤，就不顾自己跌得鼻青脸肿，也要去看个热闹了……

我闻言，怒火中烧，拾起一块砖头，悄悄绕到白面书生的背后，朝他的脑壳儿狠狠地砸了下去，顿时脑浆迸裂。

发觉自己杀了人，我惶恐万分。仔细一想，为了区区一点小事，竟然性命相搏，真是不值得。如此一想，我便后悔不已，于是禁不住大哭起来。忽见来了两名警察，我眼睛一黑，便瘫倒在地上。

等我完全清醒以后，两小姐才笑嘻嘻地告诉我真相。原来，我刚才找人、杀人全都是幻境。这幻境全由她们的高科技产品——梦幻发生器所创造。她们将梦幻发生器安入特制的眼镜里，人只要戴上它，其欲望脑电波就会被它所检测，眼镜中的超能计算机就会迎合你的欲望设计出"遂人心愿"的幻境，输入大脑中，使你身如其境地感受一番。

飞机火箭让人圆了"长翅"的梦；无线电技术使人过了"千里眼，顺风耳"的瘾；无疑，梦幻发生器是人们"成仙"的天梯。戴上梦幻发生器，就能过皇帝瘾，就能与老子论道，就能与秦王比剑，就能与李白谈诗，就能与恐龙赛跑，就能与土星人赛足球，就能到天女星座观光……总之，有了梦幻发生器，地球人足不出户就能领略"时空隧道"、"星际旅行"的无限风光。

很快，地球村人就全面进入了梦幻时代！

正当地球村人全部沉湎于"如愿"城堡时，白面书生又突然出现在我的面前，告诉我一个惊人的消息：电脑被人发明后，外星人惶惶不安。比尔·盖茨是仙鹤星座人派往地球的特使，其目的是让他到地球上开发电脑软件，构筑网吧，供地球人玩闹、消遣，以消磨地球人的精力与扩张太空的欲望，免得地球人跑出地球去污染别的星球。没想到，比尔·盖茨虽然用因特网网住了许多地球人，但负面效应也很大——地球村的一些"精英"利用微软技术寻找外星人，使航天事业得以长足发展，以致地球的外层空间撒满了航天垃圾。为此，仙鹤星座人及时调整战略决策——废弃比尔·盖茨，另行开辟"如愿"城堡。事实证明，"如愿"城堡没有让仙鹤星座人失望。

这回，我终于想起来了，终于认清楚了，白面书生是我的第八代克隆人，名字叫蓝克庭。

你病了吗

在太虚村教书的贾雪芹先生，55岁那年，可谓吉星高照，儿子宝玉被公派到月球留学，主攻遗传基因医学，他自己因三十年如一日优待多病的妻子而荣获师德标兵，尔后破格晋升为高级教师。

正当贾先生感到日子越过越滋润时，却不幸患上了白血病。儿子获悉后，给贾先生写来一信，大意是当今科学发展一日千里，人类基因工程前景灿烂，只要能坚持8年，区区白血病将死无葬身之地。

贾先生虽然久经病痛的考验，但以前毕竟是病生在妻子身上，如今要他自己亲身体验病痛，尽管他意志坚强，可身子还是不断垮了下来。每次化疗后，头发越掉越多，身上的肌肉越减越少，眼眶越陷越深，胃口越吃越差……

不到两年时间，贾先生早已变成瘦骨嶙峋、皮包骨头之人了。其妻见丈夫自身难保，儿子又远在地球之外，今后无人可依，竟在某一日偷偷服下3瓶安眠药而先走了之。

终于，大观园医院出具的一张病危通知书寄到儿子贾宝玉手里，说是其父最多只有一个月的时间了。此时，宝玉正处在试制特种药"长生丸"的关键时刻。29天后，一瓶刚试制出来的"好了丹"从月球医药神堡特快邮寄到大观园医院。贾先生是在昏迷中被护士灌下第一颗"好了丹"的。没想到一个小时后，贾先生便恢复了神志。医生欣喜地告诉他，是儿子宝玉发明的"好了丹"显了灵。

一个星期后，贾先生不仅气色红润，胃口恢复正常，而且体重竟增加了5公斤。

50天后，也就是一瓶"好了丹"正好服了一半时，医生发现，贾先生的白血病竟完全康复了，于是，神药"好了丹"的名声随同发明者的名字贾宝玉一夜间传遍了世界各地。人类梦寐以求的起死回生的仙丹终于问世了！

100天后，也就是一瓶"好了丹"完全服完的那一日，医生特地为贾雪芹仔细检查了全身的各个器官，结果发现，原先的各种并发症全消失了——一切正常，完全健康！贾先生自己也感到，他这一辈子，心理与身体从没有今天这么舒适过。其原因不仅仅是因为他死里逃生，更重要的是令他骄傲与宽慰的儿子发明了神药挽救了他。喜讯通过电波传遍了全球各地。然而，就在贾先生最美好的时刻，悲剧还是发生了，正当世界各大传媒记者纷纷前来采访贾先生时，贾先生却于5分钟前在美梦中悄然死去！世界舆论一片哗然，贾先生死因实在可疑！正当大观园医院被传播媒体弄得精疲力竭之时，贾宝玉从月球回到了地球……

3个月后，法院判决，大观园医院赔偿给贾宝玉五万亿元钱。这笔钱正好是贾宝玉研制"好了丹"所亏欠下来的债务。

"好了丹"疗效神奇，立竿见影，适用于任何绝症！然而，当地球人还来不及庆祝"好了丹"神奇功效时，一个令全球震惊、恐惧的幽灵隆重登场了——被"好了丹"治好绝症的人，无一例外地在不明不白中突然死去。

半年后，一个抢劫团伙想发横财而去贾宝玉住所作案，结果贾宝玉因拿不出歹徒所需的钱而被害。警察在整理贾宝玉的遗物时，发现了一本关于研制"好了丹"的日记，于是爆出了一个比"好了丹"的疗效更惊人的消息——"好了丹"的别名是"安乐死"。"好了"的寓意是："要了先要好，好了就要了！""好了丹"的作用机理是，通过纳米机器人调整基因密码，使人体内所有正常细胞都具有战无不胜、攻无不克的抗病毒、病菌能力。当人体内适宜病毒、病菌生长的环境被清理干净后，这支具有旺盛战斗力的好战部队因找不到敌手无处释放能量而突然分裂内讧……这正是患绝症病人在健康恢复后，悄然死亡的原因。贾宝玉在日记中写道：从"长生丸"变成"好了丹"这一令人无可奈何的结局来看，人类企图长生不老的愿望是永远无法实现的。有生必有死，这是不以人的意志而转移的客观规律。人总是要死的，与其在苦痛的煎熬中绝望而死，总不如在安康的美梦中悄然而亡来得好。这正是"好了丹"的价值所在。

由于"好了丹"中的纳米机器人具有强大的自我复制能力且无法人为破坏，它竟像流感病毒一样可以到处传播。人只要被它感染，人体机能在100天内肯定会被调整到最佳点，而后突然死亡。因此，安康等于消亡的观念便横空出世了。

此后，地球人见面彼此的问话由"你吃了吗？""你发了吗？"很快演变成"你病了吗？"

天地玄黄

刚刚做完"鸡蛋孵出河蚌"实验，阿拉米教授一脸满足和惬意，很悠然地掏出蓝色丝帕，象征性地在自己的鼻子和下巴上轻轻擦了擦，而后，很绅士地用右手画了一个"起"的手势，其意是鼓励第一批七十二名到红楼神堡留学的地球人的发问。

达尔文从最后一排的座位上站了起来，虽然被凳子撞痛了胫骨，仍勇敢地走上讲台。

达尔文将捂了嘴巴许久的白色丝帕递给阿拉米教授，告诉大家："刚才看了实验后，笑掉了一枚大牙！真没想到，阿拉米教授居然用魔术当作科学！"阿拉米教授不辩不恼，他用不锈钢镊子夹住达尔文的牙齿，用清水冲洗掉血污，把牙齿放入透明的玻璃烧杯中，而后倒入淡黄色的溶液，搅拌一阵子——达尔文的牙齿很快就被完全溶解了。

阿拉米教授把溶有达尔文牙齿的淡黄色液体，滴入一只刚刚从鸡蛋里孵出的河蚌体内，然后与另一只没有滴入溶液的河蚌一起放入"九级缩时培养仪"中……不到两分钟，实验结果就出来了：剖开两只河蚌发现，滴入溶液的这只河蚌身上结出了六十八颗黄豆般大小、光彩夺目的珍珠，没有滴入溶液的那只河蚌身上一颗珍珠也没有。

阿拉米教授问大家："这些珍珠是怎么来的？是河蚌进化的结果吗？"达尔文涨红了脸，说道："有杂质侵入河蚌体内，才有珍珠产生，这跟进化无关！"

阿拉米教授在黑板上写下了"杂质"、"珍珠"四个大字。

然后，又开始做实验。这回，阿拉米教授把鸡蛋先放入酱色溶液中泡了二十五秒，而后放入"九级缩时培养仪"中，很快，一个从来没有见过的怪物被孵化出来。

这只怪物，虽然像鸡，却全身长着像穿山甲一样的鳞，它的叫声也很奇特，像婴儿的哭声。

达尔文大声叫了起来："悲惨啊，这是严重的环境污染造成的怪物啊！"

阿拉米教授招呼两名学生与达尔文一起，共同对这个新怪物进行基因分析。结果显示，新怪物与鸡的基因相同率高达99.998%。

通过实验，阿拉米教授告诉大家：畜生、鸟类、鱼类与我们人类的基因绝大部分是相同的，人与苍蝇的基因相同率也超过98%……因此，我们只要用"鸡蛋杂质"的方法就能培育出各种动物，关键是找对"杂质"的类型和数量！这是一种完全颠覆"进化论"的理论，达尔文闻听后，很快气促胸胀，口吐鲜血，被送往医院抢救。

达尔文离去后，课堂气氛明显轻松了。阿拉米教授说："杂质进入河蚌体内，产生珍珠；杂质进入纯净的硅晶体内，产生了晶体管，从而人类拥有了电子计算机；杂质进入生物体内，可以改变遗传基因……"他建议今后把"杂质"改称为"玄真"，以改变人们对灵异因素的偏见。其实，世上许多奇迹都是由"杂质"创造出来的。

课后，阿拉米教授陪同大家参观红楼神堡的动物园，这是一座全部采用"鸡蛋玄真"方法培育出来的动物园。

走着走着，我突然被阿拉米教授的美女助手撞了个趔趄，只见她像饿虎扑食般地向正在清理垃圾箱的环卫工人冲过去……

阿拉米教授得意地告诉我们：他的美女助手正是用"鸡蛋玄真"方法培育出来的，现在仍保留着"见到垃圾就冲"的鸡采食生活习性……不过，三四秒钟后，她就会"清醒"过来。

忏 悔

谁能料到,我十一岁时写的一篇日记竟能影响我的一生。

事情是这样的。那年,我从父亲的上衣口袋里偷走了十元钱。这十元钱是我父亲从别人那里借来给母亲看眼病的。而母亲为了省点钱偏偏不领父亲的情,没有去看医生。钱被我渐渐地花光了以后,母亲的眼病便渐渐地越来越严重了。后来,母亲的一只眼睛便永远看不见东西了。

每当听到父亲咬牙切齿地大骂偷钱贼时,每当母亲流着眼泪自叹命苦时,我的心就禁不住战栗。想不到的是,我的诚惶诚恐竟被大人们褒奖为"小小年纪竟如此懂事"!为此,我更增添了负罪感。

那天,我终于再也压抑不住自己良心的冲动,流着眼泪将偷钱的事写在老师布置的"日记"里。我想,被老师训一顿,让母亲咒一宵,挨父亲打一顿,或许能减轻一点自己的罪过。"日记"交上去后,我便硬着头皮铁了心,等待得到应有的惩罚。

可令我万万没有想到的是,老师不但没有狠狠地训斥我,还夸我是个"勇于承认错误的好学生"。老师还一趟一趟地到我家里来,很得体地将我偷钱的事诉说给我的父母亲听。并一再诱导、劝说我的父母亲,说我是个懂事的"好孩子"。

最后,母亲竟然真的眯着那只什么也看不见的眼睛,说我是个"好孩子",并说:"有你这么一个好孩子,即使两只眼睛都看不见了,做娘的也心甘情愿！"此事对我震动实在太大了。我始终弄不明白，我没有将做错事的事实真相说出来以前，老师、母亲没有说我是"好学生"、"好孩子"，而当他们都知道我确实做了错事以后，反而说我是"好学生"，"好孩子"了呢？我困惑不解。

　　二十四岁那年，我与妻子结婚了。婚后不久，我便渐渐地发觉："外面的世界更精彩。"那天，我终于和一位很性感的女人好上了。几度恩爱以后，我又渐渐地发觉："女人尽管包装、商标各异，但本质是一样的！"于是我便渐渐地感到我愧对妻子。特别是我实实在在地感到自己的妻子确实是一位中国传统式的贤惠善良的好妻子时，少时的那种偷钱负罪感便悠悠地袭上我的心头。那日，我终于真诚地跪倒在妻子的脚下，真诚地向妻子忏悔……

　　妻子泪流满面，娇滴滴地哭诉："我早已知道你有外遇了，但为了孩子，为了这个家，为了……"

　　妻子最后竟柔情万般地搂着我的脖子说："你是一个好丈夫！"

　　天哪！我是好丈夫？我一下子懵懂了。我明明有负于妻子，怎么忽地却成为"好丈夫"了呢？联想到少时的偷钱，我忽然领悟到：要成为一个好人，关键并不在于做出多少好事来，而在于会犯错误和犯错误以后的忏悔！

　　我惊喜地得出一个定理：好人＝犯错忏悔。于是，我似乎明白了自己为何一连四年主持科室的工作却仍只是一个副职的原因了。于是，我毫不犹豫地挣脱开妻子的束缚，半夜三更敲开主任的家门。我超常的举动惊起主任全家的人。我声泪俱下地在睡眼惺忪的主任一家人的面前忏悔自己的罪过："我不该与李某某、张某某等人一道，背地里常说主任的坏话；我不该因一连四年主持科室工作而仍是副职而常常对主任的指示阳奉阴违……我不该时至今日才认识到自己的错误……"

　　尽管那夜主任对我的忏悔显出无动于衷的样子，但我坚信：我那天的"半夜敲门"功决不会白劳。此后，我又经常地利用一切机会在主任面前一再地忏悔自己的罪过。诚如所料，三个月后，我梦寐以求已四年的

"正"字终于稳稳地降落到我的头上了,并欣喜地获悉主任在我的背后夸我是个德才兼备的"好干部"。前个月,机关干部统一体检。查出主任患了肝硬化。据说主任他自己已向局里呈交了一份要求辞职养病的报告。我获悉后,这些天老是在琢磨:我该到局长面前去忏悔点什么?

满 足

"叮咚，叮咚，叮咚……"

凌晨四时左右，刘局长正欲进入梦乡，不料门铃声却响个不停。

刘局长哈欠连连地打开房门，满脸堆笑、圆脸圆眼的同学罗起生闪了进来。罗起生冲着刘局长喊叫："怎么今天你还想睡觉？这么难得的机会不闹个通宵？大学毕业20周年的聚会难道就这样独自关门睡觉？"

刘局长忙从茶几上抓起一包烟，递给罗起生，笑道："世事如梦，人生苦短，20年就这样一眨眼工夫过去了！我今天开完会才赶来，虽然迟到了13个小时，可毕竟大家都见着了。难得啊，全班43名同学都来了，一个不少，20年了，真是高兴呀！"

"既然高兴，何不认真聊聊？亚妹还在舞厅里眼巴巴地盼着你呢！"

"哎——"刘局长狠狠地吸了一口烟，叹了一口气，"明天还有一个会等着我，算算时间，也只有4个小时了……本想闭一会儿眼，又给你搅了。我想，你总不希望你的大学同桌疲劳驾车回去，路上出意外吧？"

想想刘局长从200公里以外的B城匆匆赶来聚会，而且马上又要回去，罗起生也有些感动。罗起生说道："真是无官一身轻哪，像我，多自由呀！只要我自己同意，要来就来，要走就走，谁也别想拦我。"

"你下海下得早，明智！我真是越来越佩服你了。"刘局长摁灭烟蒂，笑道："老同学了，有事尽管说，今天你来敲门，不会没事问我吧?"

罗起生嘻嘻一笑,说道:"开门见山,说明白了我就走,不耽误你休息。今天,张三说的发财经,我信!李四说的包二奶秘诀,我信!王五说的替同学搞'政变'的事,我也信!可是,你说的升官记,我无论如何装不进肚子里!你说,你一无背景二未行贿,仅凭考试成绩,就正儿八经地从'公开招聘'的大门进去,坐上了局长的宝座,竟然将有市委副书记做后盾的同班同学蒋有山刷了,其中的玄机,我倒是很感兴趣!"

"我的事,与你盐无份、油无份,深夜敲门,总不至于为这件事吧?"

罗起生斩钉截铁地说:"就这事!我摸爬滚打了17年,走后门送礼送了17年,从没碰到一桩退礼的。送了不少,当然得到的更多,不瞒你说,现在本人家财至少有五百万。钱,对我来说,已失去了诱惑力。我不会为了钱而去麻烦任何一个同学的。但我希望,我的同学20年后仍能说真话!"

刘局长在确信罗起生的话语后,一本正经地告诉罗起生,8年前,他确实是在"一无背景,二未行贿"的情况下入主局长宝座的。事后才知,参加角逐的6名候选人,其中5名都具有"市委常委及以上领导"的靠山,就他"一清二白",可结果,偏偏是他中了榜……

罗起生忽地一拍大腿,说道:"对了!对了!我明白了!鹬蚌相争,渔人得利。有靠山的太多,摆不平,于是,没靠山的反而得利!真是人算不如天算,老天有眼呢!"

没等刘局长相送,罗起生犹如当年攻克一道奥林匹克竞赛试题一样,已经一脸满足地走出了房间。

"……百分之百的真话,你就是不信,半真半假的话,你倒深信不疑……哎,我的善解难题的老同学啊……"望着远去的罗起生的背影,刘局长一脸无奈地摇了摇头。

干菜怎样算炒熟了

爷爷99岁那年，尽管耳朵早已聋了，手脚也不灵便了，但还没有哑。

做寿那天，儿孙辈共46人全部到齐。泱泱大家，应约相聚，无人闹别扭，无人摆架子，无人耍花招，却还是头一遭，虽然三叔是以"病假"名义回家，四姑丈、五表哥是"出差"路过而到家的。在这物质日益丰富，要吃有吃，要穿有穿，要花有花，要命却不一定有命，想活却不一定能活的今天，大约都是想讨个吉利、沾点长寿之光才如期而来的吧。

爷爷很高兴，见到人总要抓住说几句。可是我们谁都不愿跟爷爷说话。原因很简单，爷爷除了长寿之外，就没有一样东西能引起我们的兴趣。

"耳朵聋起来，还不甘寂寞！"不管是在爷爷面前还是在爷爷背后，我们都这样说爷爷。

反正爷爷听不见我们讲些什么。如今这年月，连我们年纪轻轻的人都需"换脑筋"后才赶得上形势，爷爷那鹅卵石般的脑袋能孵出我们感兴趣的东西吗？如今这年月，同床共枕的夫妻都不一定有共同语言，何况与上世纪的遗民对话。然而，爷爷却很顽固，只要能被他抓住的人，他总要说个不停。于是，我们都有些怕，生怕被爷爷缠住。尽管我们都是来为爷爷做寿的，尽管我们谁都没有少讲话。其实，爷爷讲的话很简单，那就是："干菜怎样算炒熟了？"不管抓住谁，爷爷总是反反复复地说这一句话。

我们谁也没有回答。在爷爷面前，谁都只会笑嘻嘻地一个劲儿地点头。自从爷爷耳朵聋了以后，我们在听爷爷讲话时都学会了一个劲儿地点头，不管爷爷在说啥。爷爷问得累了，一不小心被抓住的人就会溜走。于是，我们都说："爷爷老昏了，看来快了！"

吃了一个世纪的干菜，居然连干菜怎样算炒熟了也不知道，这不是白活了吗？活这么长寿又有什么意义？早该死了。

爷爷做完寿第五天便悄悄去世了。于是，那些在爷爷做寿那天讲过"爷爷老昏了，爷爷快了！"的话的人便如发现新大陆的哥伦布，便如中了20万元大奖的穷光蛋般兴奋。爷爷去世了，谁也没有为爷爷流过眼泪。每每爷爷的儿孙们聚在一起，想起爷爷，总免不了戏言"干菜怎样算炒熟了"。看那眉飞色舞的表情，似乎只有爷爷才不解这世上最简单的问题。

不幸的是，爷爷的基因在我身上保留得最多，退化得最少，进化得最慢。爷爷去世10年了，"干菜怎样算炒熟了？"我却始终没有搞清楚。我也不敢对人发问，生怕别人也说我："老昏了，快了！"尽管我像初八九的月亮，还没有蓄满一身血肉。

此后，每每见到母亲、妻子在炒干菜，我便躲在一旁全神贯注地观察，总想弄清楚爷爷留下的问题。然而，我却一直没有得出能说服我自己的答案。我真担心，会不会像爷爷一样，到死也不知道干菜怎样才算炒熟了呢？难道我也要等到耳朵聋了，听不到别人说三道四时再去问人家"干菜怎样才算炒熟了"吗？爷爷留下的问题，实在太折磨人了。

恐惧创新

9岁的儿子令我惊喜。

话还得从头说起。那天，5岁的外甥来我家玩，儿子要我放VCD碟片给他们看。我忙乎了半天，能听到非常吸引人的宇宙大战喧闹声，但电视屏幕上只有一些捉摸不定的黑白带，却始终不见完整的画面。

外甥终于克制不住看不到画面的愤怒，抱住我的大腿，在我的屁股上狠狠地咬了一口，并且还示威般地大哭起来。

我说，"VCD机器坏了，又不是我有意不给你们看，干吗咬我？"

外甥可不跟我讲理，还是哭闹不休。时至午餐时间，妻子要我先吃饭，饭后马上去修理VCD机。

正当我在阳台上一个劲儿地与外甥"谈判"时，儿子从客厅匆匆跑来告诉我："好了，好了！有影儿了！"

我走过去一看，发现电视上果真出现VCD影像了。我惊异地问儿子："怎么会这样？"儿子说，他只是将VCD的输出线拔下后重新"试插"了几次，画面就出现了。

我认真地查看了一番机器连线，发现儿子将VCD输出线中的一根插入了电视机视频"输出"的端子上（按理，这根线应插入电视机视频"输入"端子上）。此时，我忽然记起，这台电视机昨天刚从修理部取回来，想必修理师傅粗心，将"输入"与"输出"的线接反了。儿子不懂事，不知"输入"与"输出"的区别,因急于看电视,不管三七二十一乱插一通,竟被他蒙对了。

妻子十分兴奋,连连夸奖儿子聪明,有创新精神。此事对我震动很大,我禁不住感叹,自己一辈子循规蹈矩,按部就班,不知错过了多少好机会?为了儿子不走我辈的老路,第二天,我与妻子郑重其事地给儿子发奖:一次性奖金20元,以后每周一发,奖金3元;若再有"创新",重奖。

想不到,上个月,儿子又得了一笔奖金。那天,我与妻子正在收看电视连续剧《大法官》,忽然电视画面上出现严重的竖条干扰带,以致电视画面根本看不清。我禁不住直骂娘。儿子闻讯后,兴趣盎然地来捣弄电视了。我笑着对儿子说:"这回你运气可没上回好了,这是外面有电磁波在干扰,问题根本不在我们家里,你这样捣弄是拿不到奖金的。"

哪知,儿子不管我的忠告,胡乱捣弄一阵子后又成功了。当他将有线电视的传输线插头,从墙上TV(电视)插孔拔下后,插上FM(调频广播)插孔时,电视画面就正常了。反复试验后证明,儿子的"创新"是正确的。当夜,我跑到电视修理部,买回一只FM专用插头,换下原来的TV专用插头。这回,我们给儿子发奖金50元,并决定以后每周加发2元奖金。

上周日上午,我家的电脑因被病毒感染而瘫痪了。我非常痛心。再买一台电脑,花钱,我倒不在乎,只是原先花了自己大半心血的存储文件丢失了,很痛苦。然而,儿子好像很兴奋,以为又有机会"创新"了。于是,他又去捣弄电脑了。只见儿子糊弄一阵子后,将电脑输入线从墙壁上拔下,忽地将其插入220伏电源线的插孔内——说时迟,那时快:一道火光从电源线插孔窜出,沿着传输线直扑电脑……

我被吓得脸煞白,儿子也慌了手脚,连忙抛掉手中的电线,惊呆一会儿后大哭起来!幸运的是,儿子的手掌只是被电火花灼出七八个血泡。

惊魂稍定后,我语重心长地对儿子说:"创新,首先要在保证安全的前提下进行,绝不能拿生命开玩笑。"儿子似懂非懂地点了点头。话一出口，我又暗骂自己：世上哪有不冒风险的创新？创新，本身就寓含着危险、奉献、牺牲呀！晚上，正当我躺在床上回味白天的恐怖情境时，儿子兴奋地告诉我，电脑一切正常了！

我闻言，像触电一样惊起，一把抓住儿子，狠狠地扇了他两巴掌："你还敢去捣弄电脑，真不要命了？"

儿子从没见我发过这么大的火，尽管半个脸已被我打红肿，可并没有哭。

尽管原先丢失的那些电脑数据果真神奇地被恢复了，可我不但高兴不起来，反而忧心忡忡。这一夜，我翻来覆去睡不着。次日一早，我对儿子说："从今往后不准再去搞创新，从今天起，原先的奖励办法取消！"

儿子"哇"地大哭起来："你……不是……要我做……科……学……家吗？"

我只觉喉头阵阵发紧，轻轻擦了擦儿子的眼泪说："爸爸只有你一个儿子，从今以后，只要你保证不再搞创新，奖金加倍发……"

想给孙子发奖金

伯伯去世已整整100天了。在这100天里,伯伯的音容老是在我的脑海里晃荡着……看来,我如果不给伯伯留下点什么的话,或许我这辈子就无法安宁。

见到伯伯的最后一面是在2003年11月30日。那天,我正在办公室整理"农村两委换届选举的新鲜事"的采访稿,没料到,连续五天的大雪与严寒虽然冻住了从城里通往乡下的所有公共汽车的轮子,却没封住79岁的伯伯的那双在朝鲜战场上失去一半功能的泥腿子!满脸沧桑、脑壳上没留一根头发、下巴上却拖着一撮山羊胡子的伯伯,坐在我的椅子上足足调了五分钟的气息后才开口骂人。伯伯骂人时,脑门上的青筋犹如黑夜的闪电般令人心悸。

伯伯这一次是专门来骂人的。伯伯骂他自己的孙子黄八和儿子黄毛。在村党支部换届选举时,黄八把选票卖给了伯伯的世敌——伪保长朱甲的孙子朱黑,以致朱黑当上了村党支部书记。伯伯说,村里共25名党员,分成两派,东派是13人,西派是12人。东派,原来是以伯伯为核心的,伯伯年老退位后,就由伯伯的接班人吴年做掌门。西派,全由"致富能人"组成,是近年来根据形势需要和上级指示而发展起来的新党员,以朱黑为核心人物。这次换届选举,朱黑花了17万元买走了黄八的影响全局的关键一票,气得东派人个个骂伯伯!

朱黑——伪保长的孙子——当上了书记,伯伯无法接受,下令儿子黄毛向上级党委告发朱黑花巨资购买选票的事。没想到,黄毛向上级告发的却是其父早年培养的接班人吴年。在这次换届选举中,吴年因黄八的"叛变"而失去了书记的宝座后,也用朱黑的招数——用200元一张的价格——向村民购买选票,竞选村长。

黄毛起先嫌吴年出价太低而不卖,后得知吴年已买下626张选票(已过半数,全村共有选票1249张),便厚着脸皮亲自上门销票。不料,吴年却说:"你家的票比黄金更珍贵,你儿子一张票就卖了17万,这么金贵的票我可承受不起!"恼羞成怒的黄毛便联络部分"票卖不出去"的人向各级新闻媒体和政府机关告发。

伯伯骂过儿子、孙子后,又狠狠地骂了自己,说自己怎么会养出这等儿子、孙子来?要是早知如此,还不如抗美援朝时在朝鲜"光荣"了呢!

终于,等到伯伯骂累了。我说,天寒地冻,您老人家总不至于一步一拐地走了近二十里冰雪路,就是为了来骂儿子、孙子的吧?

伯伯忽地眼中显露出悲伤的神色,告诉我:他已与不肖子孙"划清界限",不往来了!无论如何,请我想想办法,一方面,要我发挥舆论监督的威力,另一方面要我去动员黄八,让黄八交出卖票款,并向上级告发朱黑贿选的事,决不能让朱黑篡了权!这事,不能拖,要越快越好!否则,等朱黑屁股坐稳了再去动他就没希望了!说罢,伯伯从胸口处掏出一叠温暖的钞票,说是平生所有的积蓄,共三万七千四百多元,让我与黄八平分,作为检举朱黑的奖金。

那天,我没能留住独居祖传百年老屋十多年的伯伯在城里过夜,他坚持要拄着双拐、踩着冰雪走路回去,因为伯伯牵挂着对他忠心耿耿的那条仅八斤重的小狗。不论生人熟人,只要有人上门,此狗总要高声吠叫,以引起主人的注意。

据说,在村两委换届的那段时间里,到平时很少有人光顾的伯伯家拉选票的人是一拨接着一拨,前人刚刚走掉,后人马上又来!拜访他的,一天就有好几十个,一位刚走,另一位就上,跟"接龙"差不多。这时,那只狗就辛苦了，一位来了，就叫个十来分钟，刚有点熟，想摇尾巴的时候，另一位陌生的又来了，所以就叫个不停，直到晚上的后半夜才能休息……就这样，持续了七八天。终于，主人发现这只狗的叫声越来越无力，整天都喜欢趴在地上，从前那贪玩的劲头消失得无影无踪，就感到不大对劲儿，便请来了兽医。兽医一看就知道是怎么一回事，赶紧拿出吊针给狗挂上，还一边说："再过半天，狗就要断气了，幸好发现得早。"

没想到，伯伯在回村的路上滑跌了一跤后就再也没有起来过，听人说，伯伯可能是脑溢血而亡的，由于冰冻的路上无法通汽车，伯伯失去了宝贵的抢救时间。

伯伯火化那天，我把伯伯的遗言和那笔"奖金"全部悄悄地给了黄八。三个多月过去了，我仍没见黄八有什么举动。我很担心，在天的那一边的伯伯是否会怀疑我贪污了他给孙子的奖金？

张　慢

　　张慢是张大妈的遗腹子。

　　张大妈含辛茹苦地将张慢抚育成人。

　　张慢从懂事起就很体贴母亲。二十五岁那年，张慢大学毕业，在好心人的帮助下，张慢被分配到W城工作。张慢第一次领到工资后便将一半钱寄给在乡村苦居的母亲。

　　母亲收到汇款单后很激动，拿着汇款单跑了大半个村子，到处请人"认"汇款单上写着的字。

　　十三年后，张慢在城里"房改"时买了一套两室一厅的居室。尽管是廉价房，但却足以"困"倒张慢。

　　张慢尽管已属"超大龄青年"，但仍无"象"可对。他独自一人在黑夜里常常会想到娘。

　　那一天，张慢终于将母亲接到城里去了。

　　不知何故，一个星期内，张慢发现母亲精神总是很疲惫，人也消瘦了许多。张慢问母亲是否生病了？母亲支支吾吾地说没病，只是晚上睡不着觉。

　　张慢要陪母亲上医院，母亲坚决不肯去，说大概是水土不服，过几天就会没事的。

　　然而张大妈的"病情"却越来越严重。张慢在要"强行"将母亲送去医院时，张大妈说："'病根儿'只有我自己知道，上医院是没用的。张慢一听差点慌了神，疑心母亲患上了不治之症。

张大妈看见儿子忧心如焚，终于对儿子说："娘知道你在城里过日子艰难，什么都得花钱。你买了这套房子后，娘知道你还欠着人家的钱。娘其实没病，只是晚上听自来水的滴水声而睡不着觉……"

原来，张慢为了节省一点水费，有意将水龙头调节到有水滴下，但水表却不会动的程度。如此，每昼夜也能蓄下一大桶水的。

张慢听后如释重负，对娘说："这点小事咋不早说？我晚上将水龙头关掉就是了！"

果如其然，张大妈觉睡得好了。张大妈精神渐渐地得到了恢复。

然而，细心的张大妈却发现，儿子的精神却越来越不好了。张大妈问儿子是否碰上了什么为难事？

张慢说没碰到什么事。

母亲说："是否晚上听不到自来水的滴水声而睡不好觉？"

张慢摇了摇头后说："晚上我是听到邻居家的自来水滴水声而失眠的……"

"……邻居家的滴水声……你也能听到？"张大妈半天也没缓过神来。

白开水

H小镇的北面路口有两个茶摊，对面而设，相距不过十来米。

朝东的那个是一位老太婆所开，已有四十来年"摊龄"了。朝西的那个是一位瘸脚的姑娘所开，"摊龄"还不足半年。她们两个摊都以经营白开水为主。

因为来小镇赶集的人大多是乡下人、山里人，他们手头都有些拮据，对于那些在电视上经常出现的"易拉罐"和城里人常喝的"矿泉水"，他们似乎是"绝缘"的。因为两碗白开水毕竟只需花一角钱，经济实惠。

不知是何缘故，朝东的那个老太婆渐渐地发觉自己的"正宗"生意，越来越不如对面的那个瘸姑娘。

有一天，老太婆悄悄地拉住一位以往总是在她摊位上买白开水，如今却总是到"瘸脚摊"上喝开水的农夫问道："嫌俺老了？"那个农夫回答说："她的开水比你的开水来得凉爽！"

症结找到了，老太婆便尽量增长凉开水的时间。然而不管老太婆如何努力，"瘸脚摊"的开水总是比她凉爽一些。为什么呢？取的是同一口水井里的水，怎么会不一样呢？老太婆心想，难道烧开水也要找科学？

俗语说："同行如冤家。"老太婆心里明白，要学对手的手艺，只能秘密进行。

功夫不负有心人，瘸姑娘的开水"凉爽"的奥秘终于被老太婆揭开了——原来她卖的开水根本没有烧，从井里取上来便立即"上市"了。

老太婆恨恨地骂道："瘸了一条腿，还不怕罪孽深！"

此后，老太婆逢客便悄悄地说："瘸脚摊的水是没有烧过的，别去吃！"

然而，客人好像不在意她的话。有的当面回敬道："生意各自做，别去诬陷人家。"有的甚至说道："谁又能保证你的水是烧开过的呢？"

老太婆的生意还是渐渐地暗淡下去，瘸姑娘的生意当然是渐渐地红火起来。终于，有一天，老太婆也将井水直接摆到茶摊上当作"开水"出卖了。晚上，老太婆一夜睡不着，心里想道，自己一辈子没做过亏心事，要是有客人喝了不曾烧过的井水而得了什么病，岂不是自己的罪过？翻来覆去睡不着，老太婆索性起床烧开水。不料，脚下被什么东西绊了一下，摔了一跤，竟骨折了，半晌爬不起来。

老太婆禁不住哭了起来："老天爷，我只卖了一天井水，难道就要遭到报应吗？老天爷呀，你，不公平呀！"

等下任村长

　　1994年的一天。吃好晚饭，王福来的父亲躺在门前的槐树下的摇椅上歇息。看见背着吉他、跨出家门的儿子，吐了口烟后叫道："福来，过来。"

　　"啥事？爸。"

　　"你爸，这两年当了村长，为村里铺了水泥通道，造了水塔，家家户户都用上了自来水。你，进大学念了两年书，学会了些什么？"

　　"水泥通道、水塔、自来水，这些又不是你做的。"

　　"什么？你说什么？这些不是我做的，难道是你做的？"躺着的他不知何时起已坐了起来。

　　"爸，我是说，这是历史发展的必然现象，这叫形势。人类总是不断进步的嘛。"

　　"混账！我还从来没听说过你这种混账话！什么叫必然？什么叫形势？为什么东村你姑姑家至今还没点上电灯？为什么南村你外婆家至今还是没有自来水？"坐着的他不知何时起已站了起来。

　　"好了，好了，爸，我不跟你争。你当村长这两年来，我们村子麻将多了多少？赌博的人多了多少？制造冒牌伪劣产品的家庭工厂多了多少？这些都是你的功劳吗？"

　　"胡说！搓麻将哪个村子不成风？赌博的人难道只有我们村子才有？

电视上不是说，国有企业都制造冒牌伪劣产品呢！难道这些都是我的缘故？"

"不是，爸，你别发火，我是说，这就叫做形势！"

"噢，你这小子，这两年就学这些油腔滑调的东西？这些也算'本事'？"

"爸，人不能把好事记在自己的功劳簿上，坏事就记在人家的簿子上。书上说，历史是人民创造的，当然，你也是人民中的一员。"

"放屁！学这些油腔滑调顶用吗？能填饱肚子吗？人家县委书记为啥表扬我？为啥给我发奖金、发奖状？你没看见，如今政府正在重奖有功人员吗？我说，福来，你这小子，别读书读糊了！不要学这油腔滑调的东西，要学点真本事！"

"爸，不跟你争了，秀才遇到兵，有理说不清。不过，有其父必有其子，你别小看了你儿子，我也不是泥捏的。我这大学也不是白读的，我早就想好了，为村子办点实事。"

"你说什么？再说一遍……"

"我为村里装个水塔水位自动控制器，不要人开，也不要人关，保证随时有水用。"

"你能行？"

"当然，五天内保证做好，否则我就不是你儿子！"

"费钱吗？"

"最多两百元！"

"好！哈哈哈……没有白养你。"

夜深了。福来他爸见儿子还在房子里独自一人在画水位自动控制器的图纸，几欲推门进去总又忍下。最后，还是推门进去了，拍拍儿子的肩膀说："歇吧，自动控制器咱不装了。"

"啥？爸，你说啥来着？"

"本来这开、关自来水的事是照顾给你那缺条胳膊的叔叔的，每月工钱二百元。你叔叔听说要装自动控制器后，就跟我哭着来了。装了自动控制器后,叫他到哪儿领工钱去?"

"那,这自动水位控制器就不装了?"

"不装了,要装也要等到你爸下台时……"

"等下任村长?"

"……"

羊肉和酒

"孩子他妈，孩子他妈！"刚跨进门的钱老伯大声喊叫。

她听到喊声，放下手中的针线活儿，从内室迎了出来："啥事？有啥事啊？"

钱老伯将左手拎着的塑料袋在妻子眼前扬了扬，说："一斤羊肉，已切过了的……"

"哪来的？"她问。

"买的！我无权无势，别人不会送东西给我，可我也从来不会去偷人家的！"钱老伯又将右手拎着的一瓶黄酒在妻面前晃了晃，说："这里还有一瓶酒哩！""到底遇到啥事哩？"

"没事！""没事？那你买肉、买酒作甚？"

"咱就不能吃肉、吃酒？你我忙了大半辈子，想吃的却没吃，想喝的却舍不得喝，为啥来着？"

"不吃肉、吃酒，就活不过去了吗？"

"大儿子为了躲债已一年多不见人影了，不知是死是活；二儿子做超生游击队，不知驻扎在哪座山头；三儿子大学毕业找不到工作，怨我俩没本事……这日子还不是照样过！孩子他妈，来来来，趁小辈们都不在家，今天你我痛痛快快地吃一顿！"

"你给我说清楚，到底为啥事买肉、买酒？"她从他的手里一把夺过酒瓶。

"再不吃点喝点,到时想吃想喝也没机会了……"

"什么意思?你说什么?"

"今天,我是最后一次领工资了,从明天起,我们厂就关门了。"

"工厂关门?下岗?你也要下岗了?"

"今日有酒今日醉,明日愁来明日愁!"

"下岗,你还要买肉、买酒?你还要寻开心?"她不知从哪儿冒出来一股火气,举起手中的酒瓶就要往地上砸去,"家里没米了,你知不知道?家里煤气用完了,你管不管?只知道酒酒酒!"

"住手!"钱老伯大吼一声,急忙从惊呆了的妻子的手中抢过酒瓶,大叫道:"蠢货!再不吃点……恐怕就……"

她突然"哇"地一声哭了起来,跑进内室里去。

钱老伯的酒瓶顿时落了地。

这是他俩第一次为了吃喝而吵架。

·085·

一贴灵

乌主任自从退休以后，便养就了一个习惯，那就是逛商店。

对于马路夜市，他也是情有独钟。他发觉逛商店、夜市有许多优点，既可以了解商业行情，又可以增加许多商品知识。如今商家常"宰"人，然而乌主任却常常去"宰"商家，他几乎每天都要与人讨价还价几番。

他讨价还价时非常认真，其实他根本不是为了买人家的东西，而是为了最大限度地发挥他智力的"余热"。

乌主任从实践中体会到，与商家斗智斗勇，比打太极拳、练气功更能改善心理、生理状态，更有利于身体健康。

有一天，乌主任在夜市里发现一种往墙壁上一贴便能吸住的挂钩，它可以挂衣帽、雨伞等小物品，乌主任将此物定名为"一贴灵"。

"一贴灵"很有魅力，他便掏钱买来两只，以前，他只是看货而从不买货的。

"一贴灵"买回家后，乌主任便将它贴在墙上挂挂历和雨伞。由于效果确实好，乌主任受到了老伴的表扬。乌主任很开心，便又从夜市买回五只"一贴灵"。

一天夜里，"啪——"地一声，将乌主任夫妇俩从梦中惊醒，乌主任夫妇俩吓了一跳。

凝神细听却又不再有动静，好大一会儿后，乌主任才打开电灯巡查起来。

原来是挂着挂历的那个"一贴灵"不灵了——从墙壁上掉了下来。

由于"一贴灵"是利用大气压力的原理吸住墙壁的,天长日久后,空气总能缓慢地渗进其"腹部"。于是"腹部"有气的"一贴灵"就必然要掉到地上。

乌主任不懂这道理。乌主任将掉落在地上的"一贴灵"重新贴回墙壁上,可是过了一段时间后,它又掉了下来。

后来,乌主任发现,家里七只"一贴灵"全都掉在地上过了,而且大多是在夜深人静的时候掉下来的。

"啪——"地一声,总是令乌主任夫妇俩吓一跳。

后来虽有些习惯了,但还是要心惊肉跳的。

有一天,从来没有做过一回主的乌主任的老伴将七只"一贴灵"全丢进垃圾坑里。

乌主任回家后发现"一贴灵"不见了,便问老伴详情。

老伴以实相告,老伴说,担惊受怕的,留它干吗?

乌主任闻言后很恼火,大骂老伴一通。

乌主任硬是从垃圾坑里找回了七只"一贴灵",一一将它们贴在原来的墙壁上与以往不同的是,老伴再也不将东西挂在"一贴灵"的挂钩上了,乌主任他自己也不再将东西挂在"一贴灵"上然而,不挂东西的"一贴灵"还是要从墙壁上掉下来,七只"一贴灵"总是毫无规律地从墙上掉下来乌主任每次总是及时地将其按回到原来的地方后来,老伴也习惯了乌主任对"一贴灵"的深情厚谊,她再也不为"一贴灵"而与乌主任发生口角了。

不锈钢

早听人说，女人心眼多。我原本不信，可如今我是真的服了。那天，我兴冲冲地讨好妻子："今天花了二百五十元钱买来了一套不锈钢餐具。比批发价还要便宜六十多元呢！"

谁知妻听后并不高兴，不冷不热地说道："假货，只需百把元。"

我一听觉得有些不对劲儿，忙辩解道："能假吗？那是我从最要好的高中同学王宇的摊位上买来的。"

妻说："如今是白日鬼迷熟人。既然你们是最要好的同学，那他为什么不白白送给你一套？"

被妻这么一说，不免勾起了我与王宇的一段往事来。我与王宇同学的关系在高中阶段的确是非同一般的。两年同桌就坐，同吃同住，形影不离。就是上厕所也是两个人一同进去一块出来。作业总是我代他做，扫地值日总是他代我做。反正，智力问题我解决，体力问题他承担。两人取长补短，相得益彰。可是好景不长，我应届考上了大学，而他却连考两年都名落孙山。我给他写信，他却不给我回信。我去他家找他，他却有意避而不见。就这样，我俩的关系从此中断，各奔前程。

那日，我出差去义乌城。想起闻名全国的小商品城，便特意去逛了。在中国小商品城内，无意间发现了在守摊位的王宇。那份惊喜，自然是非一般言辞所能形容的。只见他很有"老板"气派，说话豪放，举止干净利落。早已不是我心目中的那个王宇了。就连从他口中吐出的烟圈看去，也分外悠闲。我问他生意如何？他回答："不错，想必比你们拿国家工资的要强些。每年弄它十几万元是没问题的。"

分手时，他硬要送给我一套不锈钢餐具。他说："这点礼物你就收下吧，你我兄弟一场不容易。就算是你我兄弟重逢的见面礼了。"

我说："当初我寄给你的复习用书、高考资料，你都如数退还。我今天怎能白要你的东西。"他说："十几年前的事，提它干吗，你我今天重逢，也算是缘分未尽吧。我自己知道，我不是块读书的料，提起读书，头就要发病。考了两年考不进，我抬头不敢见人。不过，我没考上大学，如今混得也不错。"

不知为什么，我始终不愿接受他赠送给我的那套不锈钢餐具。尽管我知道他是真心的。最后，我俩终于达成协议：以进货价"卖"给我一套不锈钢餐具。临别时，他递给我一张名片，一再叮咛："有事找我！"我歉意地笑笑："我可没印名片。"他说："我很忙，否则一定去你那儿登门拜访。"

妻子说："二百五是什么意思？你呀，被人家耍了，还蒙在鼓里呢！"

我说："管它二百五，还是五百对半分的，只要货真价实不就得了。"

妻说："假货可就亏了。"

我说："这一点我是敢保证的，他绝不会以假货来骗我的。"

妻说："上次，你到你表姐家给我买的那件皮大衣，你不是也敢保证货真价实吗？无商不奸哪！"

我说："不锈钢是真是假，鉴别一下是很容易的。报上说，用磁铁吸一下便能鉴别出来。"妻闻言，马上要我去借块磁铁来。

原本，我坚信王宇是我最要好的高中同学，他是一位正人君子。但被妻的"耳边风"吹了一阵后，我已不敢拍胸脯向妻保证，他还是我的最要好的同学了。古人尚知，士别三日当刮目相看。何况我与他一别已有十几年了。为了弄清王宇对我的"友情"是红是黑？我便听从妻言，到邻居家里去借来一块据说能鉴别不锈钢真假的小磁铁。

匆匆回到家门，我却忽地心慌起来，不敢将钥匙插进锁眼里去。我真担心会失去一位离散十三年，日前才偶然重逢的故友。毕竟他是我唯一的要好的高中同学呀！

妻听到我的脚步声，走过来将门打开了。

"磁铁借来了？"妻问。

我不愿骗妻子。我想，如果连在自己的爱人面前都要"留一招"的话，那这世上还有谁可信赖？

妻子从我手里一把抓去磁铁。测试的结果是，我不但被妻子改名为"二百五"，而且还被妻子任命为"副家长"。她的理由是，她比我更能"适应"时代。以后的家政得由她说了算。

古人说，吉人自有天相。这话一点不假。

不久，我从一张小报上偶然读到一篇《磁石不能完全鉴别不锈钢》的文章，欣喜若狂。我马上将这张报纸奉到妻子的面前，立即要求妻子为我正名和还"政"于我。

谁知，妻一把掸开报纸，摆出一副一贯正确的姿态，指着我的鼻尖说："别高兴得太早，说不定明天的报纸上便有一则《更正启事》呢！"

祸　首

据说阿8的祖宗是阿Q。

以前，人们大都以为阿Q不曾娶得吴妈为妻就被"咔嚓"了，人们大都以为阿Q断子绝孙了。其实，阿Q还有一个遗腹子。此子是落户在被阿Q摸过光头的小尼姑的肚子里的。

阿Q最大的特点之一就是欺软怕硬，那日，阿Q被"假洋鬼子"一阵棒打后，路遇小尼姑。阿Q以为自己的晦气是由于撞见了小尼姑之故，于是，他便将怒气转移到小尼姑身上去。阿Q不但在众目睽睽之下摸了小尼姑的光头，而且还一直尾随小尼姑到庵中。见庵内只有小尼姑一人，便兽性大发，强暴了她。老天慈悲，于是，那点Q种也便有幸延续下来。

阿8在娘肚子里呆了八年以后才出来，小尼姑自觉罪孽深重，等儿子出世后，便自尽了。于是，阿8的命运与老子差不多。在未庄几乎所有的人都欺侮过他。也是他命不该绝，老尼姑怜悯他，饱一顿饥一顿地硬是将他在苦水中泡大。然而，世事难料，天翻地覆，沧海桑田。想不到，阿8活到五十多岁时，正好赶上了"逢8便发"的世界历史潮流。由于他的名字好，由于他的父亲是一个知名度极高的人物，很多大公司都争先聘请他担任名誉董事长。于是，阿8便真的渐渐地发了起来。

如今，阿8靠"炒"祖宗（"炒"祖上秘闻、"炒"祖宗隐私）已经是大发特发了。如今，谁也搞不清楚阿8到底有多少钱。人们只是知道阿8

有八座别墅，八个漂亮的女人。八十大寿那天，阿8雄赳赳气昂昂地回到了未庄。他随身带回八只沉甸甸的大箱子，里面都装满了钱。他叫人在土谷祠（当年他老子蜗居的地方）前搭起了一个高达八米的看台。他叫人将八只装满钱的大箱子搬到台上。他说他要将这些钱施舍给当年看不起他的老子和欺压过他的那些人的子孙们。

无恩受惠，整个未庄几乎沸腾了。

他站到高台上，自觉年轻了二十岁，起先他大把大把地将一元硬币往下撒。

他看到所有的小孩子都在抢钱，很开心。他又发现，有越来越多的大人也在抢钱，他更开心。

当他将面额为一百元的纸币大把大把地往下撒时，他发现所有的大人也都加入到抢钱的队伍中去。

他将钱抛到哪里，人群马上就涌向哪里。他惊奇地发现，下面涌动的不是人潮，而是有灵性的钱桶。

忽然，阿8发现，下面的人根本不在抢钱，而是在互相厮杀。犹如敌我双方为抢占阵地而进行的肉搏战。阿8又发现，他往下抛的钱越多，下面的肉搏战就进行得越惨烈。

当阿8将八大箱钱都抛完时，他发现下面的骚动也渐渐地平息了——下面的人除了死了的，剩下的也都是已经不会动的了。

然而，在地上，阿8最大的发现却是，圆圆的一元的硬币几乎都被手捏得已经变了形；而大面额的一百元纸币却几乎没有一张因抢夺而撕坏的。这令阿8惶恐不安，疑心自己的眼睛是否产生了幻觉？

牙 祭

这故事是我爸跟我说的。

我爸当生产队的出纳时,有一位叫李三更的小后生到我爸处支钱,说是奉队长之命要去供销社买550斤氨水。

我爸要他写一张"条子",他马上照办了。

我爸接过"条子"一看,竟当场笑掉了两颗大牙。原来李三更将"550斤"写成了"50050斤"。

想不到的是,两年后我爸也经常将"550斤"写成了"50050斤"。不过,我爸的写法却没令人笑掉过牙齿。

从那以后,我爸便步步高升,官运亨通,且至今不衰。

我爸常说:"掉了两颗大牙很值得!"

疤

地球很小。

我的这一感觉是从你的香烟火星中烘烤出来的。

记得那个大热天,在会议室里,你坐在我的身后。你与许多人一样,根本不知道台上的那位同样是汗流浃背的同志在说啥。

大约是为了打发那难熬的时光,你寻开心地用你的香烟火烙我那刚脱掉汗衫的背脊。

我只觉得一阵火辣,忙转身摸背。

见是你冲我微微发笑,我便随口对你说了一句:"王大爷身上有个疤。"

我根本没想到,我在小学语文课本中读到的"惨遭地主老财毒打而留在王大爷身上的疤"竟会使你刷地白了脸。

其实,那时的我只知道我自己的背上确实留有小时候乡村土医生为我疗病而留下的灸火疤痕。

那时的我,只知道你是一位为了老婆、子女的"农转非"而自愿去新疆"支边"十年,刚刚调回本地落户在我校任教语文的中学老师。那时的我,根本不知道你有没有读过"王大爷身上的疤"这篇课文。反正,我随口说的"王大爷身上有个疤"绝非有意,纯属偶然巧合罢了。

我清楚地记得,你在会议散后,很客气地将我请到你的房间里。你很内疚地对我说:"我很对不起你……要骂,你就痛痛快快地骂吧!"

我被你的举动弄得莫名其妙。

我不知所以。

我甚至有些怪你太那个了。

我对你说:"当真被你烤出一个新疤来,也无须这般认真呀!"

你一时摸不准我是个真糊涂还是个假糊涂,你很认真地问我:"你知道我是谁?"

我说:"当然知道。不就是刚刚从新疆调回本地不足半年的语文老师吗?"

你说:"还有呢?"

我说:"我又不是美国联邦调查局的人,调查你干吗?"

你默默地沉静了一会儿后,你说:"你是否早已知道我是芹的姐夫?"

听到"芹"字,我不由得脑壳"嗡"地叫了起来。尽管我已十二年没听到过这个名字了。我依稀记得芹曾在我面前提起过她有一个在城里教书的姐夫……

相隔几千公里的新疆与浙江,相隔十多年的昨天与今天,朦胧中在城里教书的芹的姐夫与正面对着我的饱经风霜的你……

难道地球果真这么小?难道十多年的时间果真如一眨眼?

你说:"我以为你老早就知道我是芹的姐夫了,每次见到你,我都很不是滋味。我以为你一直在恨着我……"

此时,我头绪很乱,想不出一句话来表示自己的心境。

你说:"我很对不住你,我也不想厚着脸皮要你原谅。但那时的我根本不认识你……唉,怎么说呢?当老师的确实没花头。像我,一九六二年开始教书,至今已有二十三年,为了老婆、儿子的户口,却要背井离乡大老远地跑到新疆去……"

我忍不住鼻子发酸。

不知是为了自己还是为了你。

我说:"过去的就让它过去吧。反正没有你,我跟芹也不一定就能结婚。"

你说:"话可不能这么说。要是当初芹没有来征求我的意见,要是当初我没有为芹做过高参,要是我当初不给芹做月老……那我就没欠你什么了。"

那一夜,你跟我谈了许多许多。

你说:"要是当初我们早点认识就好了。"

你一再告诫我:"岁月不饶人,该有一个家了。事业与家庭不应丢了一头。

也好让我早点心安。了却一份心债。"

你还告诉我,芹经常写信给你问关于我的事。

"随缘吧!"我只能如此对你和对我自己这样说。

我本想详细了解一下关于芹婚后的情况,但我却一直难以启齿。

走出你的房间,已是深夜。

举首望见一轮皓月正面对着我发笑。

我忽然感到,不知陪伴了多少个我与芹幽会的夜晚的明月恰似我背上的那个小时候被土医生用火灸出的疤。

是我自己弄错了

1995年。公用电话亭。

我刚挂断电话,守候电话的漂亮小姐焦急地对我说:"搞错了,搞错了!我的电话号码是×××958,而不是×××985,你刚才将最后两个号码倒过来了!"

"不会吧。"我说。

她说:"我刚才听得清清楚楚的,是你搞错了。重新再打一次吧!"

我很感动。拾起电话重新与寻呼台的小姐通了话。寻呼小姐回复我,刚才报出去的电话号码没有弄错。尽管如此,我还是很感激守电话的漂亮小姐。毕竟人家是好心好意的呀。

不久,我要找的人回电了。

通完电话,我递给守电话的漂亮小姐一张十元钞。她麻利地将余钱找给我。

我接过钱。

"小姐,钱找错了。"我说。

"不会的!"她说。

"打BP机只需一元钱的,怎么只找我八元钱呢?"

"你刚才不是打了两次吗?"

"……"我竟一时说不出话来。

但我心里明白,她没弄错,是我自己弄错了。

好　狗

在市郊去县城的公共汽车上，一农村中年妇女被狗咬伤多处，她疼痛难忍，咬牙切齿地骂道："瘟狗，这种瘟狗哪里见过！我给它吃食，它反而扑到我身上咬起我来！……等我去县防疫站打预防针回来，马上就把它收拾掉！"

车上的乘客闻言都说："这种会咬人的狗还是早点收拾掉好！"

忽地，坐在这妇人后一排的男青年开口说道："狗不会咬人，养它作甚？没人怕的狗，还能看住门吗？"他是伤妇的亲生儿子。

"连饲它的人都要咬，这种狗，早可吃它的肉了！"伤妇说。

男青年说："不凶的狗，养了也是白养，还不如不养！"

伤妇说："可它怎么尽咬自己家里的人？我早就讲过，狗第一次咬你妹妹的时候，就该狠狠揍它一顿，可你怎么就死活不肯揍它呢？"

男青年说："揍怕了，只恐它以后就不会再凶了！"

一乘客说道："狗咬人总不是好事吧，咬到别家的人，他岂肯罢休？"

"咬别家的人，最多是赔点钞票！有什么大不了的？我这只狗坏就坏在咬自家的人，真是气死人了！"男青年说。

"真是一条好狗！"乘客中忽地冒出了这么一句话。

霎时，整个车厢一片寂静。

职 称

一提起评职称的事，小马便想哭。

小马他勤勤恳恳、任劳任怨在山区一座小镇的一所普通中学里教了十二年书，至今连个中级职称也没捞到手。尽管他的工作在该校是最出色的，曾七次评为校级先进，两次荣获县级先进，一次被评为地级优秀班主任。

他曾有过几次机会。第一次是在他教了八年书的那年，校长将仅有的一个推荐名额让给了他，尽管校长他自己也很想要这个名额。然而，学校毕竟只有推荐权，决定权却在县职评委员们的手里。没想到，好不容易得来的一个名额，却被县职评委以"年龄不满三十五周岁"而"暂缓考虑"了。次年，又只有一个推荐名额分配到该校。在学校职评会议上，张老师泪流满面地说："我承认我的工作不很出色，但我毕竟辛辛苦苦教了二十二年书了。没有功劳也有苦劳。我教过的许多学生都已经评上中级职称了。可我至今还是老童生一个。我恳求学校能给我一次机会，就一次，有过一次机会，就是评不下来，我也就心甘情愿了。我保证以后决不再跟同志们争名额了……请大家可怜可怜我吧！"

在全校教师无记名投票确定上报人员时，小马他自己也投了张老师的票。结果，上报县职评委的名额终于被张老师拿去了。可怜张老师用眼泪换来的一个机会，却被县职评委以"教学实绩很一般"而否决了。

第三年,据说是为了"尊师重教",上级分配到该校的推荐名额比往年增加了一倍。即分到该校的推荐名额不是一个,而是两个了。

民主评议的结果是,小马和校长两个人上报到县职评委。为了不再"落马",小马便学"诸葛亮评职称"的办法:把关羽过五关斩六将、赵云长坂坡救幼主、张飞义释严颜取西川等等功绩全记在自己的功劳簿上。小马叫上学期学科知识省级竞赛荣获二等奖、县级竞赛荣获一等奖的王元开同学立即回家去取"获奖证书"。谁知道,小马老师的这一东施效颦之举终于使他自己饮恨终身——王元开同学在骑自行车回家取获奖证书后,在返回学校的路上葬身于汽车轮下……路警根据王元开同学的衣袋里的两本获奖证书找到了学校。小马闻讯脸色铁青,差点晕了过去。王元开同学为何匆匆离校回家?王元开同学的衣袋里为何藏着两本获奖证书?除了小马老师外,竟不再有人知道这其中的秘密了。只可怜王元开同学的父母亲闻讯一夜间晕死过去五六次,王元开毕竟是他俩唯一的命根子啊。

在道德、良心、名誉、责任面前,小马老师终于暴露出他的"小"字来了。

他想,人死不能复生,何必再让活人为死人而遭罪呢?于是,他终于没有将事实真相公之于众。尽管他每天夜里都要做噩梦。尽管他每天夜里都要痛哭一场。只可怜王元开同学死了还要背上一个"无故擅自离校——不守纪而丧生"的臭名。在学校的每次安全教育会议上,总要以他为例。

为了挽回一点心理平衡,小马以"王元开是他的得意门生"和"他是王元开的班主任"为名,每周末都赶三十多里路去慰唁王元开的父母。不论刮风,下雨,还是下雪,从未间断过。一晃就过去了四年时间。这四年间,小马老师只要一提起"职称"两字就会不寒而栗,四肢发冷。这四年来,小马老师就像躲避瘟神一样地躲避职称。其中的缘由当然只有他自己知道了。

想不到的是,小马老师四年来每周慰唁王元开父母的义举终于在新闻界炒得火暴起来。于是,小马老师被省教育部门命名为"为人师表"的优秀教师，并破格晋升为"高级教师"。

　　接到红头文件的那一夜，小马又是痛哭了一场。因何而哭，他自己也弄不清楚。

失 落

出差到K城。

在马路上,我拾到一本学生证。

翻开一看,方知此证是镇小504班赵燕玲同学的。里面还夹着十元钞两张、五元钞一张、一元钞四张。

我有意要送还失主,但又不知镇小在何方。正想找个人问问,忽见前方有两名佩戴红领巾、背着书包的小学生迎面而来。

等他俩走近,我问他俩镇小在何方?他俩告诉我,他们就是镇小的学生。我喜出望外,就跟他俩讲清原委,并请他俩当中个子稍矮的那个同学替我将学生证送还失主。

没想到,个子稍高的那个同学从我手里一把抢过学生证,对我说:"大伯,我替你还!"

我说:"只要还给失主就是了。"我目送着他俩奔跑而去。我大声对他俩喊道:"小心汽车!"

没跑出三十步,他俩突然打起来了,我赶忙跑过去劝架。

"为何吵架?"

"……你是先给我的,可他偏偏要抢去!"个子稍矮的小同学愤愤地对我说。我发觉,他俩的脸上都被对方的手指甲划出了血痕。

"你送,他送,还不是一样吗?"

"不一样！谁做了好事，谁就可以加分！"
"加什么分呀？"
"评三好生、评先进，都要用的分……"
我忽地感到，我今天拾起一本学生证，却又失落了什么似的。

校 服

1990年9月11日，A校师生每人发了一套校服。

虽说"发"的，实际上还是要钱买的。学生的校服款是百分之百地到各自的父母亲那里报销的。教师的校服款是公款报销四分之三，私款报销四分之一。

学生们由于花的钱都不是自己挣的，所以校服一拿到手，便急急忙忙地穿在身上过过瘾。教师们可不同了，由于有百分之二十五的款是自己辛苦劳作而得来的，所以校服拿到手后，除了几个"潇洒"者外，都是将它束之高阁，非等到节假日才穿不可。

一日，校长突然在大会上宣布："前些天购来的校服有质量问题，十天后校服统一交回学校。由学校派人去厂家调换。"

于是，那些将校服束之高阁者后悔不迭，忙将校服取出穿在身上。心里口里都在说："不穿白不穿，穿了也白穿！"

那些"潇洒"者更以自己"先知先觉"、"高人一筹"而喜形于色，似乎中了什么大奖似的。

结尾一：十天后，厂家派人来到了学校。师生们纷纷将校服送到"厂方代表"面前。"厂方代表"和颜悦色地问道："这校服什么地方有毛病呀？"居然没有一人能回答上来。原来这次所谓的"校服有质量问题"是"厂方"有意进行的一次"公关活动"。于是，该厂的声誉从此大振。

结尾二：十天后，师生们纷纷将校服送到校长室。校长发话了："厂家拒不与我们学校合作，我们也没办法。校服先拿回去。我们再图良策。等有了好消息后，再通知大家。"

　　忽有闲言传出，上个星期上级检查团来校，表扬了校长治校有方。"清一色韵校服装束不是足以证明学校秩序井然吗？"

　　教师们忽然想起，上个星期三，果有几辆轿车驶进学校里面过。

　　一年过去了，高年级的学生毕业了，校长仍没有提起调换校服的事。当然，绝大多数的人也将此事慢慢地淡忘了！

抹 布

这是一个关于我奶奶的故事。

奶奶十七岁嫁给我爷爷。

据说,我爷爷的爷爷的爷爷上无片瓦下无寸土,给一家豆腐店当伙计,凭着一颗良善之心和吃苦耐劳的品格,学得了一手精湛的豆制品好手艺后,回到家乡靠堂叔的扶持办了一家豆制品加工厂,后来,爷爷的爷爷便拥有了一个自己的家。

传到我爷爷这一辈时,我家已是闻名遐迩的豆制品世家了。然而,尽管我祖宗名声不错,但人丁却不兴旺。以前都是单传,直传到我爷爷这一辈时,才有两个同辈男丁。

我爷爷娶亲后,不知何故,奶奶一连生了四胎,都没能养活。婴儿出世,长者不到三个月,短者不到七天,便回到天国去了。

奶奶结婚十年后,听信了别人的话,抱养了邻村"肚福"——养活九个孩子的妈妈的第十个孩子——她就是我后来的姑姑。据说,我姑姑到我家时,她连亲生母亲的奶都没有吃过。姑姑就是由我奶奶抱着,东一家西一家地讨奶吃而存活下来的。

说来也奇怪,姑姑到我家后的第五年,奶奶便生下了我的爸爸,奶奶说,爸爸出世后,身体一直很健壮,从没担惊受怕过。大概是由于我爸爸的"好养",别人都说这是由于姑姑带来的福气。于是,我姑姑在家里就格外地有地位，尽管她不是亲生的，但在我爷爷奶奶的眼里心里却是格外的亲。

姑姑长到十四岁的时候，由奶奶做主，将她许配给了我爷爷的弟弟——一位比她长十九岁的男人。据奶奶说，那样做是为了留住姑姑这颗"吉星"。

次年，姑姑便生下了一个胖小子。

然而，世事难料，我姑姑生下胖小子后的第二年，我爷爷的弟弟——我姑姑的丈夫——在一次外出做生意的路上，被拦路抢劫的土匪杀害了。

我姑姑十六岁那年，在她亲生父母的周密安排下，抛下幼儿，远嫁到山里去了。从此，我突然有了一位"叔叔"，姑姑生下的儿子，由我奶奶抚养，奶奶将他当做第二个儿子。

叔叔十八岁那年，被抓去当兵了，次年，随蒋介石去了台湾。从此音讯全无。在我幼小的时候，我常听到奶奶骂姑姑，常看到她偷偷地哭。奶奶常骂姑姑没人性，将她养大成人，而她却将一个"包袱"（"海外关系"）抛给了她。

记得那年，奶奶病重，她把我们全家人都唤到床前，将放在她自己枕头边上的一套衣裤递给爸爸，大意是说：这是叔叔的最后一套衣服，其他的衣服全被奶奶当作抹布用掉了。奶奶说，没法看到叔叔的人，每天洗碗摸到叔叔穿过的衣服，就好像见着他了。奶奶说，这辈子看来无法再见到叔叔了，叔叔的这最后一套衣服撕了可惜。还是送给姑姑做个纪念吧……

不久，奶奶带着未圆的梦永远地离开了我们，她去世后，姑姑回来奔丧了，那是姑姑改嫁后第一次回到我家。姑姑从我爸爸手里接过叔叔的衣服，泪流满面。姑姑说，她改嫁时也偷偷地带去了一套叔叔的衣服——那是叔叔周岁时穿的新衣，然而，姑姑也和奶奶一样，也将它当作抹布了，最终仅留下几丝线茬儿，舍不得再用而锁进了箱子。

姑姑说，她跟奶奶尽管无血缘关系，而心智却是永远相通的。姑姑说，奶奶给她留着叔叔一套完整的衣裤，看来，她娘儿俩定有相见的日子。

救 灾

老王自从把申请书塞进厂长室后,三天来一直惶惶不安,似乎犯下了不可饶恕的罪过。

"局长明确宣布,抗洪救灾要作为一项政治任务来抓,要全力发动全厂职工捐款……我们可以这样说,捐款额、捐款人数的百分率是反映一个单位政治思想工作水准的。"这是书记的话,老王记得清清楚楚。那天在全厂职工抗洪救灾动员大会上,书记确实是这么说的。

"为了发扬人道主义,为了那些在洪灾中无家可归的落难弟兄,我们厂行政会议决定,捐款封底不封顶。也就是说,在我们厂领工资的每位职工,每人至少捐五十元。多的就不限制。多多益善嘛!这项工作我们就委托财会科代办了。这个月工资每人扣五十元,作为抗洪救灾捐款。如你要多捐,请与财会科联系。"这是厂长在台上说的。老王也记得清清楚楚。

当然,老王更记得清清楚楚的是,家里七十二岁的老母已瘫痪四年零三个月了,贤惠守孝道的妻子去年九月九上山拜佛求神被人流挤下了深谷,虽捡回性命,但留下脑震荡后遗症,只会吃饭,不会洗脸梳头;据老人说,她是回来讨债的。那一贯很听话的二十三岁的独生子为母报仇,把人家的脑袋砸了一个窟窿,至今仍关在铁窗内受教育。

前世到底做了什么恶事?自从灾难接踵而来,老王就一直在探究这个问题。本来就老实巴交的老王经过"真要金"(程咬金)的三斧头后,早已变成规规矩矩、不乱说乱动的俘虏兵了。平时从没大声出过气，也不敢与人话。每每见到三五一群、七八一伙在私下谈论，他就觉得人家是在笑话他。

于是，他把生命赋予他的活力全部放在默默地做好工作、优待病人、思念儿子、探究前世过错这些事上。于是，他衰老得很快，五十来岁年纪，头发比老母还要白。

那天，抗洪救灾捐款动员大会后，他不知是哪根神经出了故障，竟一反常态。回到家里烧了六支香烟后，用一支铅笔坚决地写下了一张"要求免扣五十元工资的申请书"。不过，他还是不敢理直气壮地踏进厂长室的门。趁人家都已下班，他偷偷地把装了申请书的信封从门的底缝里塞了进去。

谁知三天来，厂长室对此毫无反应。直把个老王闷得气乱三焦、神不守舍。

这不是有意跟厂领导唱对台戏吗？老王想来想去，深感后悔。不就是五十元钱吗？尽管生活艰辛，但少五十元钱一定也活得过去，何必又给自己、领导找麻烦呢？

于是，他又有些后悔。

然而，他又想，自己工作一直勤勤恳恳，从没向领导提过要求。尽管在那最艰苦的日子里，也从没要领导操过心。这次要求免扣五十元工资就算过分吗？混混沌沌的老王终究想不通，但终究一直在想。

忽然，车间主任老许通知老王去厂长室。

说也奇怪，厂长室没有反应时，老王心里闷躁，今忽听到厂长室有了反应，他的腿就先自软了一半。肚子里的肠子忽地往上提。

他战战兢兢地朝那楼梯移去。

移至近处，但见那阶阶水泥楼梯似排排滚木，似乎顷刻间就会排山倒海般地砸将下来。

老王艰难地走进厂长室。

他怎么也预料不到，厂长竟会那样热情，那么和蔼，既请他落座，又请他喝茶。说是刚刚出差回来，见到老王的申请书，马上就打电话给车间主任老许，通知老王去的。

厂长笑眯眯地要老王重写一张申请书，说是要求救济的申请书，要用钢笔写，铅笔写的不能用。

厂长亲自把纸、钢笔放到老王的面前。老王浑身不自在地照办了。

厂长雷厉风行，当场就在老王的申请书上写上了"同意拨给伍佰元整"的字样，并注上日期，签上名，还盖了红印印。说是马上可以到财会室领钱。

事实果真如此，老王轻而易举地做梦也想不到地在财会室领来了五张完完整整的百元钞。轻飘飘的五张百元钞硬是让一个穷得叮当响的汉子从眼眶里滚出一串热乎乎的珍珠。

故事到此并没有结束。

到月底发工资时，老王在工资单上清清楚楚地看到了"扣捐款五十元"的字样。

于是，他跟出纳说话，出纳也说了话。于是，他又跟会计说话，会计也跟他说了话。最后，老王决定三上厂长室。

不过，他这次上楼梯与前两次心境大不一样。这次是腿脚灵便，思路清楚，直有点理直气壮之感。

"……"见了厂长却一时语塞。

"……有什么困难吗？"厂长还是那么可亲。

"厂长，我，我，为何还是被扣去五十元？"话没说完，一张工资单已奉到厂长面前。

厂长轻轻一笑："钱与钱不一样，该扣的要扣，该拨的要拨。你有困难，下个月可以再申请！"

纵有千言万语，此时又能说些什么？

没过几天，省报头版刊登了一篇通讯。说的是老王的厂救灾捐款表现突出，百分之百的职工捐了款。当然，重点介绍的典型事例是老王，文章言辞贴切，真挚感人。读者无不被老王"患难却不忘灾区人民"的崇高品德所感动。

文章最后笔锋一转，说厂领导的工作作风、品德修养决定一个厂的精神风貌、产值、利润云云。从文章的署名很快就知道，此文出自厂长办公室的省报通讯员小刘之手。

由于事例及时、典型，记者纷纷前来"挖掘"。

于是，老王的讲话有了专人辅导。说一个人的觉悟、领导的关怀、同事的帮助之间的必然关系云云。

厂领导、老王的名字不但在报纸、广播里多次出现，就连远在千里之外的边防战士也在电视屏幕上见到了老王的尊容。

一位荣立一等功的残废军人给老王寄来了一封表示向老王致敬、向老王学习的信件，并同时给老王汇来了二百元人民币。当然，这样感人的事迹很快又上了电视，进了报纸。

这样一来，老王在短短三个月内收到了全国各地寄来的汇款有两万四千八百多元。

真可谓天有不测风云，人有旦夕祸福矣。更令老王兴奋得睡不着觉的是，他的儿子被提前释放了。

耍 猴

在评选先进工作者会上。

沙僧说:"我反对师傅说的以举手表决方式评先进的办法,我们毕竟同甘共苦了十多年,得罪任何一位都是不好的!还是无记名投票的方式好……"

白龙马说:"为公正客观起见,我赞成无记名投票的方式!"

悟空说:"师傅帮我们脱离罪恶,成了正果,取经先进工作者非师傅莫属……"

唐僧说:"贫僧无意什么功名。按取经路上的功劳,先进绝非贫僧该当的,还是由你们定夺吧。"

八戒说:"我已做好了投票箱,要公正的话,大家还是无记名投票吧!"

沙僧、白龙马立即附言赞同。

少数服从多数。

检票的结果是,唐僧一票(悟空投的),悟空一票(唐僧投的),白龙马三票,八戒、沙僧皆零票。于是,白龙马被评为取经先进工作者。

会后,沙僧兴奋地对八戒说:"往后,我俩有马可骑也!"

八戒得意忘形地说:"比骑马更有趣的是耍猴!我俩虽无七十二般变化,但是一旦拍了马屁以后,耍耍猴子还是绰绰有余的!"

后生可畏

是夜,市府秘书宋安南正在起草一份文件时,华老先生敲门而至。两人寒暄了几句后,华老先生开口说道:"宋大秘书,你头脑灵活,见多识广,老朽特来请教一个问题。还望你不吝赐教为好。"

宋安南闻言哈哈大笑,说道:"你我是老交情了,也可以说是忘年交了,有事尽管开口,还客套什么?"

华老先生说:"有你这句话,我就放心了。你我虽不是酒肉朋友,却也称得上君子之交。……那,我也就直说了。"

"不必客气,尽管直说。"

"三个月前,老朽接受了《辞洋》编委会的聘请,再过几天,我就去北京修订《辞洋》了……"

"恭喜,恭喜,华老先生学识渊博,终于有了用武之地!我真为你高兴,为表庆贺,明天我给你请客!"

"千万别取笑老朽了。老朽才疏学浅,居然不能解释'上有政策,下有对策'这一词语中的'政策'与'对策'四个字的含义,真是愧煞老朽,有负圣恩呢!为了这四个字,老朽是一个多月没有安睡过。今天,我正是为了此事而登门求教于你的……"

宋安南闻言,禁不住一阵长笑,直笑得华老先生有些不知所以然。华老先生有些气恼。说道:"对待学问,岂能如此狂笑?"

宋安南敛住笑声，用毛笔在白纸上写了一个"政"字和一个"对"字。指着"政"字对华老先生说道："中国的汉字意味无穷，深藏玄机，你瞧，这个'政'字，不是由一个'正'字和一个'文'字所组成的吗？"

华老先生忽地若有所悟，说道："你是说'政策'的'政'字是'正之文'的意思？"

宋安南不置可否地一笑，然后指着"对"字，说道："这个'对'字，不是含着'正确'的意思吗？"

华老先生闻言，略微沉思了一下后，忽地喜笑颜开，禁不住连连叹道："妙解！妙解！……真是后生可畏啊！"

一群蚊子在头顶飞舞

　　只穿着一条褪色的蓝灰色短裤的李老汉将最后一棵秧插完，太阳已西沉山顶，只剩半张脸了。

　　他缓慢地、艰难地将弯了半天的酸胀的腰杆子挺起来，然而整个身子却不由自主地曲折成一个横写的"W"字样。

　　双拳不住地捶打后腰背，嘴里禁不住"唉唷唷"地轻哼着。

　　夕阳的余晖将他那瘦削的身影拉得很长很长。几只蚊子早已在他那黑糊糊的裸露的背脊上吸足了血，惬意地飞走了。

　　李老汉环视了一眼他自个儿累了五天才插完的这丘一亩六分的水田，心里暗道："今年种田怎么这么累？人过六十难道果真不中用？"

　　李老汉走到小渠边，渠水早已不流了。选择一处剩水较多的地方，洗了洗手。然后擤了一把鼻涕，口里忽地冒出了一句："死婆娘，果真回来了？"

　　李老汉兄弟有三人。父母死得早。他是老大。小弟和他都不曾娶妻。只有大弟娶得一个妻子——那个被李老汉骂为"死婆娘"的女人便是。

　　李老汉生性愚钝，只会干活儿不会巧算。日子过得很平常。农业集体化时，他总是跟着别人干农活儿。别人背着锄头出门，他也就背着锄头出工；别人挑着屎桶出工，他也就挑着屎桶出门。

　　后来，田地分到户了，他那种"随大溜"的生活方式还是保持下来了。别人种什么，他也种什么，别人打农药，他也就跟着洒农药，别人收割他也就去收割。

他的大弟却不像他。那小子成天只知道"算计"。大事不会干，小事不愿干，成天爱吹牛。总是说什么："官越大越好做，皇帝最易当！"

那"死婆娘"就是因为看上了他的"雄才大略"才嫁给他的。谁知，婚后"死婆娘"发觉自己是上当了。她发觉自己的丈夫只不过是一个好吃懒做的家伙，且常常"算计"到她的头上去。比如，张三家要种田了，他就带妻子给张三家拔秧去；王六家要割谷了，他就带妻子给王六家打谷去。等到他自家种田、割谷时，一定是张三家、王六家已空闲能"回报"他家的时候了。而他自己到了田头总是以"说大书"为主，做出的农活儿不及女人的一半。如此，他的劳动强度不知不觉地转移给了妻子和别人。看到邻居家烧"好吃"的，他便会去"赖吃"，事后又要妻子烧"好吃"的去"还账"。他常暗地里讥笑那些只知劳作而不知享乐的人为"蠢货"！他的人生哲学是："越会做的人越愚蠢！"

大弟不但要"算计"老婆，而且对自己的亲兄弟也不放过。他娶老婆用的钱几乎都是其兄挣的，可一旦他与妻同房后，便要求分家各自过。那时，小弟才十五岁，还在念书。他就责令小弟辍学干农活儿养自己。后来，他发觉小弟身体强壮，体力比他好，他竟叫妻子去勾引小弟，好让小弟做他家的长工。其妻早已怜爱小弟，听丈夫这么一说，正中下怀，真可谓是"臭味相投"，不谋而合。于是，小弟果真很快变成了大弟的"担柱"。

一晃七八年。大弟的妻子生了三个男娃。有人说，大娃像父，二娃像叔，三娃像大队的治保主任。于是"死婆娘"的外号在村里也便渐渐地弥散开了。

改革开放后，小弟也想自己成个家。遂出门打工赚钱。又六年过去，小弟不知从哪儿赚回了许多钱，回村建起该村第一座三层洋房。上门来提亲的人竟是接踵而至。

然而，大弟及妻儿们还是蜗居在祖上遗留下来的两间破旧楼房里。

真是天有不测风云，人有旦夕祸福。忽一日，有人发现小弟死在村外三里远处的水库里。尸体的胸前竟缚着一块约七八十斤重的石板。显然是被人谋害掉的。案件很快便被侦破。原来是大弟夫妇为了谋财而害死了小弟的。那夜，"死婆娘"又去勾引小弟。正当小弟与"死婆娘"在床上快乐时，忽地"死婆娘"死死抱紧小弟赤条条的身子，大弟则用一根绳索箍住小弟的脖子，活活将小弟勒死。而后，大弟夫妇俩将小弟的尸体弄到水库里，用一块石板缚在尸体上，心想只要尸体不见天日，便能坐享小弟的财产。

谁知，皇天有眼，尸体泡在水里三天后，体积膨胀，浮力增加，尸体的头部硬是浮出水面，被一打鱼的人发现。

结果是大弟被判了极刑而枪毙，"死婆娘"则被判为死刑，缓期两年执行。

据说，"死婆娘"在牢中表现很好，一再被减刑。在劳动改造了十二年后，便"放"回家里来。

"死婆娘"回村的消息震动了全村。李老汉听到这个消息时，心里头也不由得一震。自古以来，村子里从未有人犯过皇法国法的，可如今被枪毙的、去坐牢的，偏偏都出在他的李家，李老汉深觉无颜见人。当初，要不是为了大弟遗留下来的三个未成年的儿子，李老汉早已出去讨饭度日。如今大弟的三个儿子都已长大成人，外出打工为生，已多年没有回过村，只是把各自的责任田全赏赐给了李老汉。

李老汉回到村子，见自家的老屋前聚着许多人。只听见有人在大声笑问："大弟嫂，坐牢的滋味尝够了吗？"

"坐牢，你去过就知道了！"显然是"死婆娘"的声音。

"我可不去，我可不去……坐牢这种事，就你李家人去去就好了！"显然是刘三叔的声音。

"有味儿着呢，每个星期有一次会要开，每个晚上都有安排，大多是学习，有专人念报纸给你听，有时是学文件，上级发下来的文件！每个星期六夜里还可看电视，还是彩色的呢！"显然又是"死婆娘"的声音。

听到此话，李老汉这才想起，自己大约已有三十多年没有开过会了；报纸呢，好像从来就没有这种东西；文件呢，啥玩意儿？是吃的还是穿的？电视呢，自己好像看过那么几次，当然是黑白的那种！全村五六百户人家好像还没有一台是彩色的电视机呢。

"坐牢要做活儿吗？做活儿很吃力吗？"又有人问道。

"要做活儿的，可做活儿比在家里省心省力得多了！没有一点心事，跟着别人干便是。"

不知何人喊了一句："李大伯回来了！"人群马上让出一条路来，好让李老汉走进家去。

透过人丛，李老汉看见"死婆娘"的那张既熟悉而又陌生的脸。毕竟十多年没见面了。李老汉怎么也不能相信，"死婆娘"坐了十二年的牢，似乎还变得年轻起来。特别是当李老汉发觉"死婆娘"的脚上，大热天的还穿着一双白袜子，一股无名火不知从哪里冒了出来，竟恨恨地骂了一句："死婆娘！"

这，可是他第一次当面骂他的弟媳的！

霎时，人群一阵寂静。李老汉扭身向村外走去。要往哪里去，要去干什么，李老汉他自己也不清楚，他只觉得脑子里一片空白。他恍恍惚惚地感到一群蚊子正在他的头顶上空飞舞着。

千张焐肉

"千张焐肉"是我家乡的一道名菜。虽是名菜,却并不金贵。二至三份千张,一份半精半油的猪肉,放入砂锅内,加上适量的水、姜、酒后,用文火慢慢炖,等到满屋飘香时,这道菜就算烧好了。此时,千张已吸饱了猪肉的精气,猪肉也具备了千张的品性,入口柔滑润爽,满嘴溢香。

我是在十二岁那年才第一次吃到"千张焐肉"的。

我是托了外公的福才吃到"千张焐肉"的。外公是一个瞎子——他是在五岁那年患了一次病后眼睛就什么也看不见了。外公长大后,为了谋生,拜了一位算命先生为师。从此,外公的职业就是给人排八字定吉凶。外公学艺不精,生意不好,一直艰难度日。外公是一位传奇式的人物,虽然穷困,却很少生病。即使生了病,也从不吃药请医生。病卧床上三天起不来,只需给他吃一碗馄饨,第二天保管就病愈……为此,外公就有了一个名闻乡里的绰号:"赖食虾(瞎)"!

外公六十六岁那年,算定他自己活不过冬季日。外公说,这辈子也没啥遗憾的,虽然家穷,毕竟土改时白白分来了四亩三分田,有了熬日子的本钱,使他不断子绝孙——他也知足了。然而,唯一令他感到遗憾的是,这辈子还没吃过"千张焐肉"这道菜。

消息传到我家,主持家政的奶奶(爷爷早已过世)专门召开了五次家庭会议,讨论外公是否真的会命丧今年,和要不要给外公烧一碗"千张焐肉"？然而，每次讨论会都是无果而终，因为全家人都怀疑外公今年想骗一顿"千张焙肉"吃吃！

那年七月初八，我去河边摸螺蛳差点被淹死，这件事令奶奶想起外公为我算的命。奶奶说，我十二岁那年，有一道坎儿，七月八月，千万要防水，这是外公在我刚出世时算的命。

我十二岁那年，也就是外公六十六岁那年。我被水淹后，奶奶便相信了外公活不过冬季日的话来。于是，奶奶便决定烧一碗"千张焙肉"给外公。

那天正好是重阳节，我家一大早卖了一头大肥猪。奶奶特意吩咐我爸买回三斤千张、两斤猪肉。认认真真烧好一锅"千张焙肉"后，奶奶装好一大碗，叫我爸送到五里路外的外公家。因爸临时接到去城里开紧急会议的通知，我便替爸去完成使命。

听到"千张焙肉"，外公有一瞬间的喜悦。外公问为什么给他送"千张焙肉"？年少的我不懂事，没有遮盖，便把奶奶的心意直白白地说给外公听，外公听得直哆嗦。

外公吃"千张焙肉"的情景，令我终生难忘。那天，舅母端来两碗饭，一碗给外公，一碗给我。桌上只有一碗"千张焙肉"的菜。平日里的主打菜：梅干菜、腌萝卜、咸菜等一个也没上。舅母先夹一些"千张焙肉"到我的碗上后（舅母的举动令我震惊——夺老人口中食，岂是好儿郎？），再对外公说："今天是重阳日，外孙家卖了大肉猪了，特意送来'千张焙肉'，给你吃！"只见外公"噢——噢——"地轻声应着，深陷的眼窝里逐渐流出了两行泪水。这一餐，外公吃得很认真，脸上的汗水和泪水早已混为一体了……

那年的12月22日是冬季日。12月17日，外公去世的消息传到我家。奶奶闻讯，惊呆了半天后才自言自语地说："亲家公真是成精了，怎么算得这么准？"

外公入土后三年，舅母公布了外公"成精"的秘诀：那年12月1日起，无痛无病的外公就绝食了——前五天还喝点水，后来就什么也不吃了……

"老人的尸体很轻，好像是一个稻草人。"舅母说，"谁能想到，在不会断粮……日子越过越好的时候，老人最终是被自己饿死的。"

我是朱八成的儿子

龙冈村不大,只有百把户人家。全村只有一个姓氏,四百多口人全姓朱,据传,他们是朱元璋的后裔。该村地处崇山峻岭之中,四面环山。村西一条长达一百五六十公里的羊肠小道,是该村与外面世界沟通交流的唯一通道。正因交通如此不便,清兵入关后,蒙难的明王朝皇室子孙朱正八才躲到这里避祸。

寒来暑往,人世沧桑。龙冈村在时间老人的手掌里被搓捏三百多年后,那点皇家子孙的尊贵之气早已随风而散,很难寻觅。

如今,走进该村,展现在我们眼前的景色是——清一色的泥墙矮房,那农舍的外墙早已被雨水叮咬得浑身鸡皮疙瘩。据村民说,该村近五十年内没有一户人家新建过房子。原因只有一个字:穷!

龙冈村虽然贫穷、老旧,却有三点格外引人注目。一是全村所有房子一律朝南坐北,道路全是东西、南北走向,方方正正,井井有条;二是每户人家的大门口都放着一只大水缸,缸内都储着四五担清水;三是村北有一大片樟树林,三四个人才能合抱的樟树比比皆是。

不过,我要向你声明的是,我之所以会关注龙冈村,走进龙冈村,以一名记者的身份采访龙冈村,其原因并非是该村有以上三个"亮点",而是该村最近出了两大名人!

第一大名人叫朱高明,他是朱八成的儿子,今年44岁。他出名的原因既简单又复杂。不知何故，去年冬季日开始，朱高明逢人总要说这样一句话："我是八成的儿子！"起初，村人没太在意，大多随便附和一声——"嗯！""是啊！""对，八成是你老爸！"后来，见朱高明每天都说这句话，并且逢人必说这句话，有的村民就琢磨开了。然而，琢磨来琢磨去，村民们也琢磨不出一点"花头"来。因为，谁都知道，八成家只有两间泥墙房，76岁的八成瘫痪在床已达4年，全家就爷儿俩人。朱高明的娘是全村出了名的丑女，左脸天生半张癞蛤蟆皮，人见了都觉恶心，哪有野汉子去跟她偷情？连丈夫八成也从不怜惜她，稍有不顺眼不顺心的事就拿她当出气筒，幸亏她死得早，否则不知要多受多少罪。你朱高明，有谁会怀疑是野种呢？你就是说"不是八成的儿子"，也没人会相信！

终于有人想到了——八成有两个儿子，大儿子异常聪明，可考上大学后，再也没回过村里；小儿子高明，愚蠢不堪，读了三年书仍不会算两位数的加减法……可要是没有这个又傻又笨的小儿子的话，因中风而瘫痪的八成怎能活着度过4年时光？如今，朱高明一再向人声明自己是八成的儿子，是否说明他不但行动上尽孝，而且思想上也懂得"尽孝"的道理？

然而，更多的村民还是不能容忍、不能宽恕朱高明挂在口头上的"我是八成的儿子"这句正确的废话的！多数村民觉得，一个傻瓜说了一句正确的废话，无异于犯罪啊！于是，渐渐地，朱高明成了村民互相讥讽笨得可笑的喻体。如此一来，原先默默无闻的朱高明就自然而然地成了大名人。

龙冈村第二大名人叫朱高白，他是朱八成的大儿子，是朱高明的亲哥哥，今年51岁。朱高白自21岁考上北京大学后，再也没有回过龙冈村。今年4月8日，在美国定居26年的朱高白荣幸地当上了美国牙里斯大学第一任华裔校长，当中国记者采访他时，朱高白曾明确地说过"我是中国龙冈村朱八成的儿子"这句话！消息传回国内，许多报纸、电视都用"我是中国龙冈村朱八成的儿子"做大标题，报道朱高白的生平事迹。

龙冈村所在的县政府获悉如获至宝，忙得不亦乐乎。不久，县政府出资，在龙冈村的村西口立起了一座大牌坊，上面镂着朱高白的墨宝："我是朱八成的儿子！"落款是："朱高白。"据说，为了搞到这几个"真迹"字，县政府花费了上百万元。

后来，一名省城美女记者到龙冈村采访，见村口的大牌坊后感慨万千，在她的积极筹措下，在村南朱八成家门口也立起了一座大牌坊，上面镂着"我是八成的儿子"七个大字，落款是"朱高明"。

站在朱八成家门口的大牌坊下，热情的村民们准会喜滋滋地抢着告诉你："上面这几个字，是一名省城美女记者手把手地教了高明三天，才写起来的！"

十年流水账

常常想起一个人。

这个人姓常，名见真，原先是乡下某中学的一名老师，退休后定居于城区的祖房里。此人右眼天生只有左眼一半大，平时只开右眼，说是为了让其多用而变大，可他努力勤睁右眼一辈子，也没能明显缩小两眼的差距。

他的摄影技术并不好。在我主编的版面上，每月我会照顾性地发他一张照片。

他很知足，心里也知道这份情，每次相遇，他总是很热情地呼我"黄老师"，尽管他的儿子要比我大10岁。

我曾很认真地问过他，拍了那么多照片，光冲印照片就花光了他的退休金，拿回的稿酬还不到百分之一，做如此大亏本的买卖图个啥？对此，他很认真地答复我：钱是身外之物，能图个身体好心情好就很划算！东走走，西逛逛，哪里热闹就往哪里凑，日子过得很舒坦，原先的七痛八痛倒是渐渐少了。他说，儿女两个很争气，大女儿办了一家大工厂，常常叫他去拿钱，小儿子在美国工作，也常要给他寄钱！

那天，我到市中心医院看望因车祸住院的同事陈某，在病房里竟意外地遇到了常老师。常老师不是特意去看望我的同事陈某的，而是他比我同事早25天就住进这个病房里。我这才依稀想起确实有多天不见常老师来报社了。

常老师确实瘦多了，绑着白纱绷带的右眼格外刺眼。

我问常老师怎么受的伤？

他努力睁开了闭惯了的左眼说，性格即命运啊！性格不好，所以命运也不好！

细谈中，我终于明白了事情的经过。

出事那天，常老师是应校长邀请才回到阔别10年的乡下学校的。校长说，你是学校的老教师，经常在报上发表作品，怎不给我们自己的学校宣传宣传？常老师说，他对自己任教了36年的学校没有好感，所以退休后从未回去看过。这次突然接到校长打来的电话，有点激动——或许是鬼迷心窍，竟然一下子就答应了。

我问常老师，教了36年，可谓是一生心血都奉献给了这个学校，怎么会没有好感呢？

常老师凄然一笑，告诉我：他原本住在学校的自来水塔边上的实验楼里。实验楼不大，只有一层，共4个教室。其中两个教室是给学生上实验课用的，另一个半教室是用来放置教学仪器的，剩下的半个教室用薄木板隔开给常老师当寝室。实验楼在学校的西南角，地处偏僻，就常老师一人住此。那自来水塔是常老师退休前3个月才建好并开始使用的。有了自来水，大家都很高兴，因为以前洗脸、刷牙、洗衣、蒸饭全要自己动手取井水。有了自来水，问题也来了。最大的问题是浪费，一些人在刷牙、洗衣时不关水龙头，水哗哗地流，让人心疼！为此，校长在大会小会上从不吝啬口水。领导重视，效果当然就好！学生教师这头，浪费情况堵住了，可常老师发现，更大的浪费却在水塔这边。只有人开抽水电闸，却没人及时关电闸。除用水高峰期外，特别是晚上无人用水时间，水塔上面的溢水口老是冒水，常有"庐山瀑布"之景观。为此，常老师没少向校长报告，校长也没少向管自来水的刘四发火。后来，事情闹大了，刘四被扣一个月奖金，刘四扬言要毁了常老师的左眼。常老师被总务主任张二请去上饭馆撮了一顿。张二告诉常老师，新招工进来的刘四是教育局局长的外甥，专职管自来水，智商不高，脑子又生过毛病，从小娇生惯养，所以性格也不好，又懒又蠢，要不是关系户，早就开除了！校长说了，人也批评了，钱也扣过了……到此为止吧。一个开关都管不好的人，还能做什么事？总不能将刘四往绝路上赶吧！他可是全校工资拿的最少的人哪。校长以前可从未扣过别人的钱哪！

"我已严厉警告了刘四：只要常老师的毫毛少了一根，我就把你的双手废了！常老师啊，您是德高望重的老教师，总用不着跟刘四这种有靠山没脑筋的小混混去比见识吧？"张二主任的这句话好像一块鸡蛋石一下子就把常老师的出气口给封死了。

后来，水塔里装上了一根手臂般粗的引流管，溢出的水从管里边流下，很快进入排污涵道，彻底消除了"庐山瀑布"。

后来，常老师退休回家。一别10年，从没回校去看看。

"想不到啊！这次校长要我回去宣传学校的节水教育。校长说，自来水井原先只有28米深，10年后的今天井深已达158米，可水还是不够用……"

正当校长忙于布置全校师生节水宣传会议会场时，常老师特意去水塔边看看。老远，常老师就听见"哼哄——哼哄"声……常老师走到水塔下，好不容易撬开一块50厘米见方的水泥盖板。

——天哪！只见10年前的那股清澈的流水正从手臂般粗的引流管里欢快地冲下来！

常老师眼前突然一黑，一头栽倒在水泥地上，等他醒来时，发觉自己的右眼已被撕裂……医生告诉他，现在他的双眼已经一样大了。

如今，常老师再也不来报社投稿了。据说，常老师只要听到有人讲节水问题他就发晕，他也见不得像流水一样的印刷报纸的现代化程控机器……

不会再来报社的常老师，我却每日想起他。

女儿的答案

东伟生自费出了一本"百货式"文集《前吐下泻》，便以为是知名作家了。

这天，东伟生特地早早地吃了晚餐，拎着十余册样书和两盒礼品，踌躇满志地去市作协常务副主席张三先生家，要讨一张市作协会员申请表。不料，张三外出开会不在家。家里只有张三的孙子毛毛（念小学四年级），正愁眉苦脸地做不来家庭作业，见"写书的"常客东伟生进去，便似抓住一根"救命稻草"一样将其缠住。

"叔叔，叔叔，老虎要吃谁？你帮我想想……"

原来，毛毛的作业是："有三个老同学上山游玩，其中一个是当官的，一个是办厂经商的，一个是教书的。因暴雨突至，三人遂躲进山洞。不料，洞内有一只饿虎……请问，如果老虎要吃一个人的话，老虎会吃谁？"看完题目，东伟生禁不住倒吸一口冷气，心里暗暗叫苦：这种怪题还是头一次见到，今天岂不是要在十岁毛孩面前丢脸？

在毛毛的穷追猛问下，东伟生来了个缓兵之计："哪个先进去，哪个就会被吃！"

"那么，哪个会先进洞呢？"很快，毛毛就把皮球踢了回来。

"让我想想……最怕雨的会是谁呢？噢……对了，一定是那个当官的！"东伟生突然很兴奋，觉得自己解出了一个大难题。东伟生分析道，如今的当官人，全坐在办公室里办公，不但怕风怕雨，还怕冷怕热，不但办公室里要装空调，就连上下班途中坐的汽车也要装空调。如此娇生惯养之人，一旦在山上突遇暴风雨，怎会不抢先躲进山洞？

正在东伟生夸夸其谈之时，曾资助五万元给东伟生出书的同学李大打来手机。李大说，他正在饭店请市长吃饭，准备圈一块地搞厂房二期扩建工程，二儿子在家做作业，叫他过去辅导一下。对于李大，东伟生可谓是爱恨交加。说"爱"，是因为李大曾多次资助过他，不但出资送他进北师大作家班"深造"，而且还出资圆其出书梦；说"恨"，是因为李大经常以"恩人"身份使唤他，不但随时要东伟生写各种"材料"，而且常常要东伟生给"二公子"做家教。虽然东伟生肚里憋着气，但他还是遵旨很快来到"二公子"身边。

真是怪了，"二公子"做不来的作业居然与毛毛的作业一模一样！不同的是，"二公子"是五年级的学生。东伟生突然觉得他肚子里的气有地方排泄了。东伟生对"二公子"说："老虎肯定把办厂经商的人吃掉！"

"二公子"睁着天真的亮润润的双眼问："老虎怎么认识办厂经商的人？"

东伟生说："现在的中国，发大财的人都是办厂经商的人。有了钱，既吃得好，又穿得好。吃得好，睡得好，身体棒……就是走路、说话的声音都比别人响——即成语里说的'财大气粗'是也！你想想，进了山洞，声音弄出最大的，老虎会不格外关注？身体棒的，其肉的味道一定特别好，老虎怎肯轻易放过？"

从"二公子"家出来，东伟生心情格外舒畅，一路哼着小调儿回到了家。打开房门，尽管时间已是晚上十点一刻，然而他的女儿仍在做作业。念初一的女儿见了他，忙嚷嚷作业做不来。东伟生接过本子一看，差点傻了眼：怎么又是老虎吃谁的问题？学校、班级各不同，而问题却相同，这令东伟生大跌眼镜！东伟生忽然觉得，当前的教育实在是一道难题、怪题，令人不知所以。东伟生对女儿说："老虎肯定吃掉老师！"其理是，老师既没有当官者处变不惊的胆略与才能，也没有经商者规避风险的灵巧与敏锐，手无缚鸡之力，眼无洞世之功，在残酷的现实争斗中，不遭淘汰才怪呢！次日，东伟生问放学回家的女儿，昨晚作业的成绩如何？

女儿说："今早把答案改了，若把老师吃掉，老师肯定不高兴！果然'吃老师'的，都得零分！"

东伟生问女儿的答案是什么？

女儿神秘地一笑后说，老虎没吃人，最终被饿死！理由是，如今人满为患，老虎濒临灭绝！老师的评价是：及格！

出　名

赵家村并不大，七八十户人家，约三百口人。四面环山，村西有座不太高的山，怪石嶙峋。有一风水先生望之曰："此村必出异人也！"

然而，时至公元一千九百九十年，此村并无什么异人异事出现。尽管很多人都在子女身上花大本钱，即现代语的智力投资，企盼在自家出现"神童"。

一九九四年三月二十日，一个平常而普通的日子，赵家村终于爆出了一个新闻：村中唯一的年过九旬的五保老太赵九奶去世了。

生老病死，本没有什么奇怪的，何况是九旬老人！然而，赵九奶的"死"却使这位默默无闻了一辈子的乡村女人一举成名。谁能想到，帮助她死后成名的竟会是一只电灯泡和一只瓷缸？！

赵九奶死了。人们发现她死去的同时，还发现一只亮着的电灯藏在瓷缸内。瓷缸上面还加了一个严严实实的盖子。

人皆有好奇之心。对于人死，人们见得多了，听得多了，没甚好稀奇的。于是，人们的话题自然而然地落在"为什么亮着的电灯要藏在瓷缸里"这个问题上。终于有人想起，赵九奶夜里怕光，见到光亮就会整夜睡不着的。

甲说："别人家天天要用电，唯她不用，她不是感到太亏了？"

乙说："五保户用电是不需要付电费的，反正不用白不用，用了也白用！"

丙说："九奶自称能看见神佛，是否跟亮着电灯的这个瓷缸有关？"

丁说："九奶是否用这个东西诅咒别人？"

戊说："九奶是否在研究长生之道？"

……

叽叽喳喳，话题越扯越多。

信息外传，外地人便接二连三地前来参观。后来，居然惊动了一位很有头脸的人物林某。林某仔细观摩了赵九奶的那只瓷缸后，兴奋地宣称："这是一件南北朝时期的文物，距今已有一千五百多年了！"

赵九奶出名了。

赵家村也出名了。

赵家村成了旅游景点。

然而，赵家村的人始终搞不清楚，使赵九奶出名的，到底是那只电灯泡呢，还是那只瓷缸？

决　断

　　最后只剩吴阳与赵声两名处长人选了，可到底定谁好呢？李书记一直主意不定。

　　李书记是个"知天命"的人了，原来是这个局的局长兼党委书记。在机构改革、党政分工的浪潮中，终因他根基实，没能被"浪"卷走。尽管新任陈局长是李书记一手扶植培养起来的，然而，李书记深感这些年来他说的话不像以前那样有分量了，找的人也少了。

　　在当今社会，权就是一切。李书记深懂此义。做书记的不捞权，在别人眼里不但没分量，而且别人会把你看成是"少能耐"、"没本事"的人。尽管陈局长早已过"而立"之年，然总感立不起来。他年轻气盛，很想干出一番事业来。然而，令他恼怨的是，该做主的事却做不了主。在别人眼里，他不过只是个傀儡局长。他自己也深知道，有许多人不信任他，他虽曾要甩开膀子，挣脱束缚，自己闯出一条路来，然仔细一想，那样做不但要背"忘恩负义"之名，而且如书记当真与自己对阵，却难料鹿死谁手。自上任局长以来，他倒觉得比以前做书记"当差"时，觉睡得安稳的多。他深感，改革之艰辛，阻力在上。吴阳与赵声是他提名的。为了"尊重"李书记，减少"隔阂"，陈局长请李书记"定夺"。

　　论才能，吴阳与赵声都能胜任。吴阳是李书记的同乡人，对工作负责、肯干，很得群众好评。但他脾气不太好，个性太强，嘴多，且有不知天高地厚之嫌。而赵声却与之相反，寡言少语，好思，踏实。虽然与李书记的个人关系不错，然而他却是陈局长的远房表弟。李书记对他总有些不放心。

这一天，王秘书送来了一张合影照。李书记高兴地伸直手臂，认真端详。免不得有人围住李书记共赏。这照片是王秘书照的。那天王秘书带来相机，说还剩一张彩照。因要照的人多，只好合影。那天，吴阳与赵声刚好在场。有人说，从未与李书记合过影，于是七八个人一齐哄住李书记。吴阳与赵声一左一右护住书记，留下这张珍贵照片。

此时，有人说："整张照片就吴阳照得好！"李书记一听，戴上老花眼镜，重新细细端详起来，果见，吴阳挺胸昂首，气宇不凡。比书记长得高，伸得直。再看那赵声，平平常常，没一处特别。虽然赵声的身高比书记高出二点五厘米，然照在相里，却跟书记差不多，似乎还稍矮一点。

"论相，吴阳是块做官的料！"有人打趣道。

"吴阳定有出头之日！"又有人附和道。

李书记笑眯眯地又一次细细地把照片端详了一番，笑笑，没语，然后把照片锁进抽屉里。

不久，部里文件到，赵声是新任处长。

小山村的眼睛

离南华商城七八里远的地方，有座名唤双乳峰的小山。

山脚的南面有排小村庄。

村子不大，只有三百来户人家。

该村的东南和西南方各有一座特别显眼的五层现代化楼房。

由于该村其余的楼房都是没有超过三层的，所以这两座五层楼房就犹如鹤立鸡群，就犹如这排小村子的一双眼睛。

两座楼房的主人都是足以令该村的每位村民激动的人。

因为该村有两大姓。村东姓沈，村西姓金，改革开放以来，两大姓中都出了一位县太爷。也就是该村两座五层楼房的主人。

两座楼房却也颇有故事。

村东沈太爷的房是一九八〇年开始建造的。前后共建了五年。每建一层，沈太爷的官职便下降一级。等房屋建好，沈太爷也便由"父母官"沦为平民了。

村西金太爷的房是一九九〇年开始建造的。前后也建了五年。可金太爷开始建房时，他仅仅是市府办的一名汽车（当然是小车类的）驾驶员。每建一层，他就升职一级。等到五层楼房建好，他的官职也便升到县长了。尽管是个副职，可人们习惯上总是将那个令人忌讳的"副"字，悄悄地含在自己的口中。

如今，沈太爷已经退休在家。除了抱抱孙子以外，还将村里的老年协会搬到家里来。用他自己的话说，就是："反正房子空着没用"，"为官一任，造福家乡也是常理"。

是故，沈太爷的家被人称为："秋月春风院"。沈太爷被人唤为："月风老人"。如今，金太爷是该县的一名常务副县长。他工作很忙，很少回家。

不过，家乡的人常常能在电视里见到他。他家的五层楼房，只有他老母一人独居。但是，他的老母也并不寂寞。因为几乎每天都有开着轿车、骑着摩托车的人来看望她。

村民将金太爷家的五层楼房取名为："喜相逢堂"，将金太爷的老母呼为："喜相逢太夫人"。

新闻时代

黄克庭是写微型小说的。虽然在微型小说领域有点名气，但他总觉得自己的想象力远没有真实社会这般丰富精彩、光怪陆离与耐人寻味！黄克庭的这一感悟来自于两个月前他伯伯家的一场家庭纠纷。

这场纠纷被搬上了县电视台的新闻广角里！从电视上，黄克庭看到，满头华发、满脸沧桑的伯伯凄惨地站在北风劲吹的家门口，抖抖索索的嘴角断断续续地吐露着他的遭遇——今年七十九岁的他，被小儿子赶出了家。他的面前零乱地堆放着棉被、木箱、小桌、餐具、衣服等一系列日常生活用品——这些东西全是不孝的小儿子强行"扔"出来的！

伯伯有五个儿子，大儿子因长期生病而未老先衰，比父亲还虚弱；二儿子做了别人的上门女婿，虽开着家庭工厂、有自驾小车，却很少回老家去看看；三儿子、四儿子都下海经商，年收入不会少于十万元，日子过得滋润；小儿子虽一直在农村，但由于承包了三百亩山地开发食用笋，日子也红火。二十五年前分家时约定，伯伯、伯母挂靠到小儿子家，前四个儿子每人每年出八十元，作为父母的生活费付给小儿子。三年前，伯母去世。由于小媳妇嫌伯伯脏，伯伯只得另起炉灶自己一个人过日子。前四个儿子见伯伯已经独居，就把生活费直接给了伯伯，不再把钱付给小儿子。这下，小儿子觉得亏了：伯伯住着他家的房子，却没有人付钱给他！这房租费岂不是白白丢了？前些年，无外来人口，房子没人来租用，小儿子没往这方面去想。如今，外来人口大幅增加，去年已超出本地人口，房子增值很快，房租费也如雨后的春笋般快速拉升——二十平米的住房5年前年租金不足八十元，如今年租金必在一千五百元以上。小儿子把"房租费问题"多次提交给四位哥哥，却没人理睬，结果当然惹恼了小儿子！于是，伯伯就被"扫地出门"了！

面对电视台记者的采访，小儿子先用左手理了理额前的头发，然后抓过记者手中的话筒，振振有词地说："爸爸生养了五个儿子，每个儿子都有赡养的义务！分家后，爸爸在我家住了二十五年，以前从没闹过矛盾，能说我不懂孝道吗？如今，已是法制社会，不是封建社会了，有理就可以讨个说法！我要强调的是，我的哥哥们，也应该尽尽孝了！"

真是天方夜谭！要不是真凭实据，要不是同宗同祖，黄克庭是无论如何也想不到世上会出现这种"拍案惊奇"的故事的！

前天，黄克庭特意从小县城回到乡下老家，去了解伯伯的最新境况。在村口，许多乡人围住黄克庭，忙着道喜：你们黄家真是出尽风头了！全村三百零二人，上过电视的就只有你们黄家！（全村只有七户姓黄）你们黄家真是有本事啊，既得名又得利！说得黄克庭脸上红一阵黄一阵白一阵的！

原来，电视播出后，乡干部就进村调解，伯伯的小儿子不肯让步。无奈，村干部只得将闲弃着的村仓库整理一下让伯伯住进去。结果，当然惹红了许多人的眼睛——因为仓库的面积比伯伯原先的住房大了两倍多！

娘风尘仆仆地赶来，终于把黄克庭从人堆里解救出来。到僻静处，娘狠狠地擤了一把鼻涕后，气愤地说："脸皮都不要了！伯伯住进仓库后开心得不得了！走起路来整个身子都摇摇摆摆了！黑块（伯伯小儿子的乳名）上了电视后，天天来问，你几时会回来？他要跟你比名气哩！你写小说出了名，可只上过县里的电视，黑块将爷赶出了家，县里市里省里的电视都放了！黑块比你更出名哩！"

黄克庭禁不住笑了："哪有这样比名声的？谁要跟他比名声了？"

"黑块要跟你比！你今天回来干吗？家里不要去了，就回去吧，省得撞见黑块！"

　　娘正跟黄克庭说着话，忽然，背后传来了中气十足的黑块声音："蓝点（黄克庭的乳名），几时回来的？夜饭到我家吃好了！我有话跟你说！"

　　黄克庭闻声一怔，"蓝点"这乳名自从其考上大学后（至今已二十五年了）从没人再叫过，以前一直叫他"五哥"（两人出生时间只差二十三天）的"黑块"怎么会这样叫他呢？

　　回头一看，黑块正两手叉腰，挺着肚子，盯着黄克庭，频频点着头——发笑。

　　作为以虚构与夸张为职业的黄克庭又惊呆了——现实社会，真是精彩得难以想象啊！

人生最大乐事

1977年夏天。

小王见门卫老右正明目张胆地盯着飘然而去的他的新婚妻，伸出福掌拍拍老右的畚箕背，笑道："老右，我想请教一个问题。"

老右将"马脚杆"一合，两"螳螂臂"往"鸡肋"下一夹，两"鸭掌"朝饥饿的大腿根一贴，头一低，屁股往后一缩，瞬间完成了"后半个括号"造型。手脚之麻利，反应之快速，谁见了都吃惊。真是冰冻三尺非一日之寒也。

"请指示！"

小王又拍拍老右的肩膀，面对这位货真价实的"老处男"，发出了一阵诡秘的荡笑："人生有几大乐事？"

"四大乐事！""括号"毫不含糊地答道。

"噢？"小王微微一怔，笑问："第一大是什么？"

老右缓缓抬起头来，嘴咧得老大老大，两条短促而清淡的眉毛使劲儿往鼻根处捅。

"阿嚏！"

老右假心假意地打了一个响亮的喷嚏。抬起的头随即迅速还原。

"此乃人生第一乐事也！"

小王一呆，转瞬喜从天降，遂紧问道："那，第二大乐事呢？"

老右两脚平开一步，将头慢慢往上仰起，两手臂同时缓缓向上伸直，小腹跟着往前慢慢凸出，又是把嘴扯得老大老大，伴沉沉的"啊——"声，把个身子曲成"前半个括号"模样，口朝天叫道："此乃人生第二大乐事也！"

小王根本预料不到老右会别出心裁地制造"混乱"，心想，只要穷追着看你往哪儿跑。

小王忙问："第三呢？"

老右仍还原成"后半个括号"，低着头说道："第三是进门步步紧，出门一身轻的买卖！"

小王不得其解，笑骂道："看来你还是欠斗！"

"是。欠斗。首长只要往东北角方向看去就明白了！"

小王果真往东北望去，见一小孩正跑进厕所里去，遂恍然大悟，连声叫道："妙，妙！"

"最后一大乐事是什么呢？"小王尝到甜头，紧追不舍。

"最后一大乐事，首长您最清楚！""括号"毕恭毕敬地答道。

小王脸上掠过一丝狡黠的云纱，敛住笑容，正色道："是我问你哩？"

"还是不说了吧！"老右欲言又止。

小王见老右难以启齿，更是开心，非要老右落入圈套不可。而老右偏偏胃口不佳，迟迟不肯下口上钩。

最后，小王几乎是在哀求老右了。老右终于拗不过小王，甩甩头叹道："我们不是正在体验人生最大的乐事吗？"

曹雪芹卖书

曹雪芹先生在悼红轩中披阅十载，增删五次，终于写出了旷世奇书《石头记》。为了自费出版《石头记》，曹雪芹变卖了大部分家产，好不容易凑足了五万元钱，交给红楼神堡的警幻仙子出版社出书去了，结果落得个"举家食粥酒常赊"的地步。

书印出来后，出版社只留下30册样书，以作存档之用，其余4970册《石头记》全部叫曹雪芹运回家中，弄得曹家那不足四十平方米的蜗居"四壁皆书"——人在其内，睁眼必见"石"，手触必是"记"。曹妻与曹子无法忍受，终于不辞而别，南下广州当民工去了。

为了销书，曹雪芹不知搞了多少次"签名售书"活动，不知做了多少次文学讲座，然效果都不佳，常常是搞一次活动，只销出一位数的书册，有时只能销一二册，还都是一些熟人因可怜曹雪芹的尴尬境况而掏腰包购书的。书买走后，他们背着曹雪芹又都将书卖给了收破烂的人。夜深人静之时，曹雪芹悲伤地摸摸垒得像山一样的书，不禁喟然长叹："写书——满纸荒唐言，卖书——一把辛酸泪！出书——都云作者痴，读书——谁解其中味？"

这一日，曹雪芹厚着脸皮亲笔写了88封书信，分别寄给自以为有可能帮他销书的亲戚（不论远近）、朋友（不论新老），其言辞之恳切、态度之恭谦，早把他自己的鼻子打造成醋罐子了。

寄出信后的第28天，曹雪芹终于等来了四路消息，现分别辑录如下。内弟贾雨村是富贵乡中学的校长，回信的大意是：如今，学校的图书发行全由上级主管部门垄断控制，校长无权给学生购书。不过，上有政策，下有对策，办法都是人想出来的。书本虽被上级垄断经营，但学生上厕用的手纸——学校仍有权购买。因此，贾雨村告诉曹雪芹，他可消化800册《石头记》，全校学生人手一册没问题，只是要把销书发票写成"手纸款"，才能骗过上级审查部门。

表叔贾琏是虚谨镇人民政府的办公室主任，回信的大意是：销书发票要写成"餐饮费"才能报销，运去的200册书，等费用结算清楚后，可去拿回来，另销！同学之子贾宝玉是柔仁县主管教育的副县长，回信的大意是：销书发票要写成"换自如牌小车轮胎"款，款额一万元以下皆可报销，等价的《石头记》他会当作"结对帮扶"特别礼物转赠给没人懂中文的可可里耶斯夫部落的大学图书馆！侄女婿薛蟠是花柳市常务副市长，回信的大意是：热烈并隆重地祝贺曹雪芹出书，请曹雪芹速去领钱六万元（比所有出书费用还多），说是其秘书已经以"曹雪芹教授（来花柳市）讲学费及曹雪芹教授讲学期间三陪小姐工资"的名义将钱领出。信末，特别注明：书，不必送去！钱，快快来取！

当天深夜，曹雪芹蜗居忽起大火，烈焰照亮了大半个神州……

等大火熄灭后，人们再也找不到曹雪芹的任何踪迹，人们能够找到的只是被砖石压着而幸存的一本仅剩前80回的《石头记》。

孔乙己走狗运

阿拉米引同学孔乙己走进红楼神堡的狗学馆里，一下子就把孔乙己惊呆了！

这是一座让孔乙己马上联想起超级养鸡场的特大型建筑物。里面一间间面积约二十平方米的狗教室犹如蜂巢一样紧密相连且井然有序，往上细数了十几遍，孔乙己也没数清楚到底有多少层狗教室，举目扫视，也根本无法推测到底有几幢狗教学楼，总的感觉是"壮观"与"巨大"！只见每个狗教室的四周墙上都安置了电子显示屏（只要睁眼，一定能看到画面），每个电子显示屏至少有三平方米大小，每个电子显示屏上都播放着动画教学节目。虽然电子显示屏的背景上不断变幻着赏心悦目的自然风光画面和令人舒畅的电子音乐，但画面出现的狗教师所讲述的内容却全部来自人类著名的传世之作《三字经》。

孔乙己随狗学馆馆长助理阿拉米边走边看，既好奇又惊叹！好奇的是，不知哪位高人想出要办狗学馆的，办这狗学馆的目的与意义何在？惊叹的是，红楼神堡的财力、物力怎会有这么大——竟然把狗学馆办得比中国的超级富贵子弟学校还要好！

不知不觉间，孔乙己和阿拉米来到了编号为"K3Y005"的狗教室门前，只见里面那条长着熊猫花纹的壮年狗正如痴如醉地摇头晃脑，一边低沉地呜呜轻哼，一边很有节奏地用尾巴拍打着自己的屁股，还时不时地在地上翻个滚儿。看得出，这是一条颇通人性的异常聪明的狗，这是一条学富五车、深得读书之妙的狗。

谁也想不到，阿拉米会突然闯进狗教室，狠狠地踢了一脚这条熊猫狗。阿拉米厉声骂道："畜生，不好好读书，摇头晃脑开小差，书怎么读得好？"

熊猫狗被突如其来的"天灾"惊吓得跌坐在地上，但它还是伸着脖子朝阿拉米大声地吠叫了两声，以示申辩和抗议。

阿拉米又狠狠地踢了熊猫狗一脚，并咬牙切齿地斥道："开小差，教训你，还敢顶嘴！"

熊猫狗顿时摇了摇身子，伸直四肢，高高地昂起头，又朝阿拉米大声地吠叫了两声。

阿拉米一时火起，连珠炮似的踢打着熊猫狗，并像泼妇骂街似的骂着："不认真读书，你还有理了？"

熊猫狗很快被踢得瘫坐在地上，龇牙咧嘴，耷拉着脑袋，只知一个劲儿地呜呜哭叫……这让孔乙己不解的是：这遭冤打的熊猫狗怎么不会狗急跳墙地反抗呢？

孔乙己正当要为冤狗鸣不平之时，一个意料不到的事情发生了——

只见这条冤狗忽地振作精神，挺着胸脯，昂着头，不吠不叫，对阿拉米的踢脚不避不躲，像木头一样硬生生地接受着阿拉米的打击。

冤狗的反常举动，反倒使阿拉米不知所措。空气似乎一下子凝固了！静寂了七八秒钟之后，还是阿拉米打破了沉静："不好好读书，就该打！就该打！就该打！"

冤狗毫无反应，仍像木头一样无声无息。

心情复杂的孔乙己要把阿拉米拉出狗教室。没等他俩走开，冤狗突然铆着全身力气，狠命朝后墙一头撞去——原来，这条通人性的熊猫狗受不了冤屈而自杀了！顿时，狗头脑浆迸裂，血流如注。可怜一条生灵活生生地被"读书"给害了。

狗会自杀！真是天大的奇闻！不知哪根神经被触动了，孔乙己变得很

· 145 ·

亢奋。当他随阿拉米走到编号为"Y08W103"狗教室时,发现里面的黑狗根本不读书而是在睡觉,于是,孔乙己也学阿拉米的样,走进狗教室,边骂边用脚踢黑狗。结果是,黑狗不但没有自杀,反而把孔乙己咬得遍体鳞伤!

在红楼神堡养了八个月伤的孔乙己终于弄清楚了心中的疑问:学富五车、满腹经纶的狗,其兽性已完全消失,受了冤屈以后会选择自杀;那些根本不读书的狗,以及学业很差的狗是不好惹的,因为它们的骨子里永远充满着野性。

两年后,孔乙己花巨资承包了红楼神堡狗学馆的经营权,开发出"逼狗自杀"的娱乐消费项目和"狗杀"还是"杀狗"的博彩项目。

八年后,孔乙己的狗学馆连锁馆居然驻进了世界各大城市。据传,连我居住的这个县级小城也有人正在筹划此事哩。

魔鬼身材

如今这年月，什么奇怪的事都会发生。你若不信，让我说一个给你听听。此事你大可不信，但我却不能不说，因为它在我的肚里已经胎动了许多年了。

诸达标，男，41岁，是我高中时期的同班同学。他虽貌不惊人，体质一般，却是我的同学中最有出息的一位。不幸的是，在他"春风得意马蹄香"的时候，却患上了一种怪病，至今已有八年。

要不是亲眼所见，谁也不会相信世上竟有如此怪病！

此病有三大怪：其一，症状奇特，衣服、裤子遮挡不住的地方，毫无异常出现——也就是说，我的这位恶魔缠身、病入膏肓的诸兄，当他穿戴整齐地站在你面前时，你绝不会想到他是一个病人。他的神气、举止、谈吐是那样的完美和不可挑剔，直令我这个专攻疑难杂症而享誉半个"杏林"的医学博士汗颜！其二，病理奇特，任何先进的仪器对他都失灵。血压、血常规、尿常规、肝功能、X光、B超、CT、核磁共振……所有检查，全部合格。为此，不知有多少医师被诸兄骂得狗血喷头、体无完肤。其三，病历奇特，诸兄患上此怪病的八年里，他一直能吃、能喝、能睡、能说、能唱、能跳、能笑，唯一令其不安的是，四脚及胸腹（衣裤能遮挡住的地方）日渐萎缩，虽从来不痛不痒、不酸不麻，却似乎每时每刻都有干柴焦枯之"噼啪"声。两年前，他请我去为他检查身体，当他退去所有的衣裤时，真是不看不知道，一看……吓了……一大跳！

五年前，我第一次为他全身检查身体时，只是发现他的四肢皮包骨头，肋骨根根可数，而这次，真似梦幻一般——他的四肢及胸腹几成木乃伊！一颗容光焕发、神采奕奕的头颅，一双刚毅强劲的大手，一双稳实的健脚，怎会长在一具被千年风沙刮尽油水的木乃伊上？难道是某位电脑专家受梦神的委托而设计出来的电脑动画？否则，怎会大白天见到鬼呢？

当我一再确认眼前所见的"人间奇迹"真的是我的活生生的同学——诸达标时，不禁根根汗毛倒竖！造物主真是太刻毒了。

那时，我的脑子似乎一下子被"格式化"了。至今，我仍无法想起那天我是如何离开他家的。我只是清楚地记得，回来后，我高烧烧了整整七天，差点被误诊为SARS病毒感染者。

诸达标的妻子曾哭哭啼啼地跪倒在我的面前，说是无论如何要想办法救救她的家。她说，她的全部希望都寄托在我这个"博士"身上了。她说，为了治丈夫的病，她不知跑过了多少家声名显赫的大医院，不知礼贤下士地拜访过多少"身怀绝技"的土郎中，还不知上了多少回装神弄鬼的自称有神灵附体的人的当！她告诉我，为了治煞鬼，家里的床、灶、厕各移换过三次，祖宗的坟墓也先后迁过三次。

那些天，我一直心神不定，一边既拼命查找各种疑难杂症的医疗资料，与专家交换医疗信息，想凭我的能耐创造一个医疗奇迹，弄得我夜夜梦里都为诸兄炼丹找仙药，一边又认真看电视新闻，特别关注各个讣告的播出。我觉得，诸兄的时日不会多了，关于他的讣告一定很快会在电视上播出。那天，我忽地惊恐地发觉，我也得了那种怪病。我想，一定是同学的病毒感染到我的体内了，我似乎分明地听见手臂上、大腿上、胸部上的肌肉塌缩的"咔咔"声……不幸降临，人一下子便变傻了，竟不知以后的日子怎么过！这使我更关注诸兄的"讣告"。毕竟，同病相怜，他是我的"前车之鉴"呀。

然而，令人惊讶的是，经过既漫长又短暂的九九八十一天时间，一则关于"诸达标"的新闻终于被我看见，那是一则"升职"消息，说是诸达标到市里当领导去了。

  我几乎日夜为诸兄的生命而担忧,只怕他像美丽的肥皂泡,随时会消失。然而,在神秘而神圣的时间老人面前,我越来越坚信一个事实:吉人自有天相,人间奇迹不需要科学支撑。理由有三:一是诸兄至今仍健在,前天晚上的电视上,我清楚地看到,他又神采奕奕地向全市人民作报告。二是从网上获悉,据大千世界卫生组织调查,诸达标患的怪病是"身不由己"类人的GUANLIA病毒引发的常见病,虽无药可治,却不影响寿命。得此消息,我欣喜万分,特地与诸兄对饮了整整三天。

  如今,诸兄已根本不介意自己的怪病,知道其病不影响寿命后,他便坦然"解密"。不过,为了保健,他非常注意锻炼身体,市民经常可以在电视上看到诸兄只穿着一条短裤与人赛篮球的实况转播。每每如此,电视机前总是热闹非凡,只是本人始终不知,无比激动的市民到底是被诸达标的"精湛"球艺所折服,还是被诸达标的魔鬼身材所吸引?

文 物

阿拉面怎么也想不到，一只由103块碎片黏合而成的非常粗制滥造的、仅有成人头颅般大小的陶罐"面神"，竟然会使他的爸爸阿拉米着了魔，千方百计偷到手，尔后提心吊胆，东藏西躲，在没来得及换成大额外星币的情况下，被警察逮住，最终身陷囹圄。更让阿拉面想不到的是，这件58000年前的文物失窃案，竟然牵扯到地球村公安部重要领导在内的大小官员107名（比罐的碎片数还多），轰动了世界！

这一年阿拉面才12岁！

可谓祸不单行，这一年，阿拉面不但因患阑尾炎而做了切除手术，还在求医途中遭了车祸，被撞断了左小腿骨！

正当阿拉面万念俱灰，在医院不肯配合医生治疗时，被特许到医院探望儿子的阿拉米给阿拉面送来了一个"面神"仿制陶罐，并留下一句谎言："只要你能写出一部文物史，就能救爸爸！"阿拉米将自己三十多年来精心搜集的365公斤文物资料送给儿子，一再强调"破损不是贬值，残缺无损圣美"的文物观，并要阿拉面从"支离破碎"的"面神"陶罐中找到编写文物史的灵感来。毋庸讳言，阿拉米原是一名高级文物专家，是惊艾大学的一名教授。

少年的心是稚嫩的，是易碎的，却也是充满活力、充满无限生机的。阿拉面也像他的父亲一样，很快被"面神"陶罐的魔力所征服，他的心也如"面神"陶罐，破碎而黏合。并随时间的推移逐渐增值起来。不过，阿拉面并不同于阿拉米，他根本没有被"面神"的财气所蛊惑，而是被"面神"的灵气所感召，成为他人生旅途中一盏永不熄灭的指路明灯。

谁也预料不到，一只"支离破碎"的陶罐，竟然与阿拉面的命运轨迹相映。下面摘录的是阿拉面的人生履历片断——

18岁，被关了六年的父亲发配到月球服劳役。临行前，父亲再次骗他："只要你能写出一部文物史，就能救爸爸。"并要阿拉面跪着发誓。阿拉米真是用心良苦，他企盼自己的事业后继有人。同年，阿拉面因向法院起诉将他的断足接歪的医院，而被院方雇来的凶手打掉两颗门牙。此后，阿拉面慑于医院的淫威而撤诉。其时，医院正在争创"宇宙级文明医院"，院方怕因打官司而损坏锦绣前程，故而采取牺牲小家（阿拉面）保大家（医院）的"无奈"之举。事后，被评上"宇宙级文明医院"的院方，特授予阿拉面为"荣誉院民"的称号，并私下承诺"包揽阿拉面下半辈子的所有车祸医疗费用"。但院方却始终不愿给阿拉面的歪足做矫正手术，致使阿拉面的左脚只能像美国著名电影演员卓别林那样走路。

20岁，阿拉面因抵挡不住某大款的第17位"二奶"的诱惑，只相好了58天就被大款发现，结果是被大款给阉了。若不是"二奶""有情有义"，发誓"永远爱着你"，并时常打来电话忏悔，阿拉面恐怕顾不了"救父亲"的诺言了。不过，"二奶"的情义只保持了108天，阿拉面走出生命的低谷后，她就逐渐销声匿迹了。

28岁，阿拉面去医院做了扁桃体摘除手术，解除了扁桃体经常发炎肿痛的苦恼。。30岁，阿拉面去医院摘除了两颗疼痛了三年的龋齿（至58岁时，仅剩下三颗牙齿了）。

31岁，因经常与人赌酒量，患胃穿孔，其胃被切除三分之二。

35岁，因结石，其胆被切除。

44岁，去某山庄查验一件文物资料时，被毒蛇咬伤右手中指，为活命，慌乱之中，自行砍下三个手指。这年，其父病死于月球某工地。

49岁，因救一弱妇，被流氓打断五根肋骨，右肝被肋骨刺坏而切去一半。

此后，弱妇认其为"干爹"。

56岁，一年中竟遭七次车祸，肇事者皆逃逸，幸每次都只是撞断少量肢骨。

但那家被评上"宇宙级文明医院"的医院私自毁约，只肯支付前三次车祸的医疗费用。

……

86岁，阿拉面仔细盘点了身上所有的伤疤与创伤后发觉，他这一生已积累了整整100个创伤。他忽然觉得，加上日趋严重的颈椎炎和折磨他睡不好觉的两个肩胛炎，其数正好与陶罐"面神"的碎片数相等。他认为，这是一个很有意义的巧合！此乃"天数"也。

阿拉面盘算着，将已完稿的《人类文物史》寄给天河冰星第一出版社出版，用稿费去置换一副颈椎骨和肩胛骨，这辈子也就圆满了。他想，自己的生命一直都在做"减法"，总是去掉这个，丢掉那个，总觉得太对不住自己！最后，不用"减法"而用"置换法"给自己"收场"，也算是画上了一个完美的句号了。

天河冰星人收到阿拉面的《人类文物史》后，很感兴趣，马上派特使来地球与阿拉面联系。

天河冰星人实地察看了地球上所有"珍贵"的文物后，竟然一反常态，对《人类文物史》失去了兴致。这对阿拉面无疑是一个致命的打击！阿拉面终于发狂了！阿拉面将自己全身的头发、眉毛、胡须拔得一根不剩，并将家产烧得精光。三天后，阿拉面什么也记不得了——患上了失忆症！

谁也想不到，曾经历了100个肉体创伤的阿拉面最终竟败倒在"事业"的创伤里。

令人惊讶的是，天河冰星人竟然花重金向地球人购走了阿拉面。他们认为，地球上真正有价值的"文物"正是阿拉面本人。因为在克隆技术高度发达的地球上，没有置换过器官的人，三十岁以上者仅阿拉面一人而已。据悉，多数地球人在成年前就多次置换过身上的器官。能经受住100次肉体"减法"、傲霜斗雪86载的阿拉面，终于被公认为世上最珍贵的文物！

证　词

孔乙己被妙龄女郎领进红楼神堡的第WP188陈列馆,只见约有半个足球场大小的陈列馆内挂满了大小不一、规格不一、色彩不一、面料不一、风格不一、文字不一、年代不一的各种条幅。进入馆内,犹如进入柳树林。那一挂挂字幅犹如弯腰垂头的柳枝,不断地挠扰着人的眼睛。仔细一看,各种条幅内的字句其意却相同,都是"本人郑重作证:全球第一美女艾丽丝·玛尔亚确实是赵绍隆先生的第38任'二奶'",尔后是各自的亲笔签名和各自的大红手印。

妙龄女郎甜蜜蜜地对孔乙己说道:"孔先生,只要您也写个字据,作证一下,那么,您今年的生活费就全由红楼神堡支付了!您看,这不难为您吧?"

面对勾人心魄的妙龄女郎的温情,面对"天上掉馅饼"的千载难逢的好时光,穷困了大半辈子的孔乙己被惊得阵阵发呆,禁不住自言自语道:这不会是梦幻吧?这不会是真的吧?

妙龄女郎忽地一把钩住孔乙己的脖子,狠狠地在孔乙己的左脸上亲了一大口,然后媚态十足地问不知所措的孔乙己:"孔大人,您说,这是不是梦幻呀?"

终于,孔乙己确认了眼前的一切都是十分真实的以后,也仿效别人,非常认真地写下了一张"本人郑重作证"的字据,既在字据上按了大红手印，还在字据上别出心裁地盖上了大红屁股印。孔乙己心里明白，假洋鬼子赵绍隆因最早抢滩世界名人隐私外贸而赚了大钱，但假洋鬼子的心灵却十分空虚，也可以说，假洋鬼子的心理已严重变态。否则，谁会花重金到处收购（收藏）毫无实际意义的"证词"呢？

"可笑！荒唐！神经搭错！脑子灌水！"

孔乙己坐在水泥地板上，撕开装钱的麻袋的拉链，一边认真地迎着阳光举着钞票——仔细辨认刚刚得到的每一张"作证费"的真伪，一边狠狠地骂着假洋鬼子。每辨认一张钞票，总要狠狠地重复一遍："可笑！荒唐！神经搭错！脑子灌水！"

等孔乙己辨认完所有钞票时，太阳早已西沉。此时，孔乙己才发觉自己已经累得腿麻腰沉口干舌燥了。

"可笑！荒唐！神经搭错！脑子灌水！"孔乙己又狠狠地骂了一遍，却忽地觉得：不是骂别人，而是在骂自己！

突然，西北方传来了吵闹声。孔乙己寻声而去，发觉阿Q背着一大袋钱正趾高气扬地训斥小D："你这脑子进水的笨蛋，这么容易赚的钱你都不要，真是太可笑！太荒唐了！"

只见小D怯生生地辩解道："我脑子没进水，智商也不低，今天并不是我不想要这些钱，只是我没读过书，不会写字罢了！"

孔乙己发现阿Q的钱袋比自己的钱袋大许多，遂盘问起阿Q来了。阿Q得意地对孔乙己说道："信息就是生产力！要我给你机会得先给好处费！"

等孔乙己无奈地给了一些钱后，阿Q说出了"得大钱"的处所。

孔乙己终于找到了红楼神堡的第YU250陈列馆。这是一个特大的陈列馆，好像比中国北京的故宫还要大。走进馆内，孔乙己第一眼就看见阿Q的"郑重声明"，顿时，一股悲凉之气弥漫全身。但转念一想，这不过是一场文字游戏而已，何必太认真！名誉虽然重要，但吃喝穿戴更加重要。

犹豫了许久之后，孔乙己决定：为了告别苦难的前半生，迎接美好的明天，委屈自己一下也是值得的——大丈夫能伸能屈嘛！何况，这字据也不见得真的对自己有害。终于，仿效别人，郑重地写下了一份声明："本人孔乙己，个性是见钱眼开、唯利是图……"结尾照样是亲笔签名与按大红手印。

"可笑！荒唐！神经搭错！脑子灌水！"背着一大袋钱的孔乙己走出红楼神堡后仍一个劲儿地叫骂着，只是他自己也不知道，该骂的人到底是谁？掂量肩背上沉沉的钱袋，一份充实感很快占据了孔乙己的心。

回到老家，有了钱的孔乙己很快被县衙门评为"脱贫致富"的标兵，当上了政协委员。不久，他娶了一名下山脱贫的打工女为妻，生下两个儿子。

后来，孔乙己出资办了一所希望小学，校训是"历史不可信，祖宗不可信，君子不可信，自己不可信"。终于，孔乙己成了一名有口皆碑的"四不"教育家。

"老哥"修理部

不知从什么时候起，我每坐公交车路过清心路时，总会不由自主地多看几眼"老哥"修理部。其实，"老哥"修理部一点也不显眼，不到十平方米的店面好像是硬挤在这繁华商业街中，门面上的招牌粗陋不堪，歪歪斜斜的"老哥"修理部几个字，根本没水平，没档次，没品位。里面除了一张单人木床上不放废旧电器零件外，其余地方堆放着各种废旧电器件。这样一爿修理部，简直让人怀疑是否是电器垃圾堆放场。

令人惊奇的是，在这爿修理部中，我只看到过一个人，那是一个额上面部布满皱纹，脑后拖着一条三尺长的花白辫子，浑身非常土气的中年农村妇女的形象。起初，我以为她是给这修理部看一下门的人，修理工可能是她的儿子，因为我时常发现她坐在门口织毛衣。后来，我多次看到她不在织毛衣什么的，而是亲自动手拆电动机、洗衣机、电视机……于是，我觉得这修理店就是她自己一个人开的。像她这样一名农妇，是怎么学会修理的？从没看到过有人上门，她的收入水平怎样？技术水平又怎样？

那天，我终于克制不住自己的好奇心，特意上门探访。

"请问这店是你开的吗？"

"查户口的？还是查税的？"她边织毛衣边认真地审视着我，一张饱经风霜的脸上射出两束冷厉的目光，我不禁为之一颤。我清楚地记得，她这种目光与我的老婆审问我是否与情人幽会过的目光一样。

"不，不，不……"我说，"我有一台电视机坏了，想拿过来修一下。"

"可你还没拿来呀！"

"我不知你的技术水平……"

"包好！立等可取！修不好赔你一台新的！这是我的规矩。"

我回家找出一台经十多家修理店修理后仍不能正常使用的"引诱"牌电视机，送到"老哥"修理部。只见那女的，既没问我故障情况，也没用仪器测量，只是问清这种电视机新货要一千五百元，然后，她打开电视机壳，用钳子拔出五六个元件后，便通电试机了。

天！屏幕上竟然真的出现正常的画面了！

"真怪！怎会拔掉几个零件就好了呢？"我禁不住问。

"这有啥奇怪的，我的胃就是割掉五分之四后，才会吃饭，才会干活儿的……昨天，我还去医院拔掉了三颗牙……还不是为了活得更好吗？"

她要了我三百元修理费，并说这也是她的规矩：新货的五分之一。

我与她吵："你没给我换零件，怎要这么多钱？"

她说："三百元算什么？我的胃被切五分之四，医生也没给我换胃，却收去八万多元呢！"

几天后，我又来到了"老哥"修理部。

"电脑会修吗？"

"会！"

"若修不好，赔吗？"

"赔！这是我的规矩！"

"这台电脑，你也能修吗？我是花了两万五千元钱买来的。若修好，我付五千元；若修不好，你赔我两万五！"我拿出从废品回收部找来的废电脑，对她说："你开这店以来，破过规矩吗？"

她接过废电脑后，说道："还像模像样的东西，就别想破我的规矩。"

她把这活儿接了，我心里暗暗高兴，这回让她出出血！

只见她还是用"拔元件"这老办法修理。今天，拔了十几回也没把这电脑修好。我得意地发现，她的额上出现了细细的汗珠。

我问她："以前修过电脑吗？"

她没说话，只是停下活儿来，给她自己倒了一杯水。

我说："现在我给你一个机会，你认输——说修不好，把'老哥'改成'小子'，我不要你赔一台电脑。"

她喝了一杯水后，斩钉截铁地说："像模像样的东西，没有不成事的！"

结果真如晴天霹雳。谁能想到，当她将电脑肚子里的东西全部拔掉后，通电试机，竟成功了！

我被惊得目瞪口呆。

她用一块黑不溜秋的抹布擦了擦脸上的汗珠后，笑着对我说："当我想到我那没心没肺的丈夫和全身没一根骨头的儿子能痛痛快快地活在世上时，我就认定不会输，我一定能赢了你！"

她的笑容似一朵怒放的秋菊，那像一团乱麻的皱纹搅乱了我的心。

我脑子一片空白，所有思维顷刻间全停止了。

她见我呆呆地木立着，笑道："是否心疼修理费了？若被我说对了，说明你胸腔内还有颗心在跳。那我今天就破个例，只要你服了我，修理费就免了！"

鼠 害

方教授将一顶编号为"GUAN"的帽子，戴在一只病得奄奄一息的老黄鼠M的头上，顿时，激动人心的场面出现了：只见实验室里1205只黄鼠中的989只像得到命令一般，立刻朝M聚集过来，排成队，先是逐个给M磕头，然后分开忙碌——有的寸步不离地守候着，有的忙着去找治病的黄鼠大夫，有的忙着找高档滋补品，有的忙着找美味佳肴，有的忙着找进贡的"小蜜"，有的……

遗憾的是，众黄鼠因老黄鼠M病入膏肓而无力回天，经一番折腾后M还是咽气归西了。尽管M尸体已寒，那些忙了一阵子的黄鼠们仍悲悲切切地聚在M身边不肯离去。

方教授将"GUAN"帽子从M头上摘下，霎时，那些原本有些恍惚的黄鼠们像死囚犯接到大赦令，立刻欢快地四散而去。

"我成功了！我成功了！"方教授攥紧拳头，举起双臂，高呼道，"我终于成功了！"

方教授待怦怦心跳稍微缓和了一些以后，将"GUAN"帽子戴在一只刚出生不久的小黄鼠D上。结果是，原先那种不可思议的场面又神奇地出现了。

"这真是太神奇了，太……神……奇……了！"在边上一直作冷眼旁观状的方教授的188岁的儿子兴奋地说，"亲爱的爸爸，这种帽子给我也做一顶，让我们方家子子孙孙都风光下去！"

方教授闻言，竟木呆了，半晌后才说："我们人类可戴的帽子还少吗？我倾毕生之精力发明鼠辈们戴的帽子，目的是让人从中悟出一个道理，崇拜帽子是多么荒唐可笑。"

二十年后，方教授的儿子发明了一种系在黄鼠腰间的牌号为"QIAN"的袋子。这种袋子能使拥有者趾高气扬，没有者见之会不由自主地缩胸弓背弯腰，连那些戴着"GUAN"帽子的黄鼠也如此这般。

方家父子的两大发明成果投入市场后，人类的生活被改变了。业余时间，人们总是躲在家里玩老鼠，一会儿给这个老鼠戴帽，一会儿给那个老鼠系袋子……老鼠的智力实在让人称奇。起先，老鼠们只是盲目地崇拜帽子和袋子，围着那两件东西团团转。后来老鼠们为了那两件东西展开了可歌可泣的巧取豪夺、钩心斗角、尔虞我诈的争斗，弄得每家每户每天都有上百只老鼠为抢帽夺袋而丧生。

于是，有好事者便以拍鼠戏为生。此后，地球上养鼠业得以长足的发展。同时，鼠尸污染也成了一大公害。

电子保姆

K公司的机器人——"H电子保姆"投放市场之后,其销路却一直打不开。K公司的老板便千方百计在提高机器人的功能、可靠性和降低销售价格中下功夫,但收效甚微。

K公司打出广告,征求"金点子"。有人建议,机器人应在外表上与人类相融——冷冷冰冰的一副"铁板脸"谁会喜欢?后来又有人出主意,机器人不但面目应酷似人类,而且还应有"性感"。

K公司善于纳谏,两年工夫,便生产出第八代"H电子保姆"——相貌不但达到了与人"乱真"的程度,并且十分"迷人可爱"。然而,其销路仍不理想。想不到的是,T公司后来者居上,它生产的"S电子保姆"却十分畅销,并很快占领整个世界市场。

原来,"S"与"H"两者的差别仅在于,前者具有"劳累"功能。比如,"S"在给主人擦地板、扛煤气瓶时,常常是"挥汗如雨",在背主人上医院急诊的途中,不但"汗流浃背",而且在路上还要摔几个跟头——以致将主人送到医院时,正好到了"最危险的时候"——这是电子程序预先设计好的。

龙　椅

北京故宫太和殿。

导游小姐指着安置于殿内正中的龙椅，对众多游客说道："这把龙椅，就是封建社会至高无上的统治者的宝座……"

忽一青年游客闯过警戒线，径直快步走到龙椅边，一屁股坐到龙椅上，口中惬意地叫道："今天，让俺也过过皇帝瘾！"

臂戴袖章、负责保安的两名故宫工作人员，立即向前将那坐上龙椅的青年游客"请下"龙椅，并对众人和那青年游客说道："私自乱坐龙椅，罚款一百！"话音刚落，那刚坐过龙椅的青年游客立即从怀里取出一叠崭新的百元钞，对保安员说："钱我有，龙椅再让我坐一会儿！"

其他游客闻言，也纷纷取出钞票，将钱握在手上，并很快自觉排成长队，几乎是异口同声地叫道："让我也坐一坐龙椅！"

"……"

嗜 好

母亲的嗜好是拜泥佛，父亲的嗜好是拜活佛，儿子的嗜好是啃书本。儿子劝母亲说，泥塑木雕的东西别去信。

母亲对父亲说，活佛眼珠是黑的，还是敬而远之的好。

父亲训斥儿子说，少时做蛀米虫，长大后又做蛀书虫，你怎么就不想做个人呢？

一家三口，尽管互不对抗，但也未能结成统一战线。

三人嗜好如故。

不觉又过了十年。儿子终于功成名就，升职做官了。于是，昔日的寒舍温度骤然上升。

一日，夜深人静时，母亲对儿子说，幸好当初没听你的话，要不是我诚心拜佛，你哪有今天？

父亲叱母亲说，慧眼识你儿子的人到底是你拜的泥佛，还是我拜的活佛？

儿子本想辩解几句，然终于什么也没有说。

此后，三人的嗜好如故。

笑　狗

　　红楼神堡的第一大学士金司长又把自己关在了书房里，拿着放大镜，认认真真地翻阅起他自己的藏品——388本集邮册，其妻蓝纱就知道他又遇到了非常棘手的问题了。

　　金司长虽然酷爱集邮，但通常只知道收和藏，平时根本不会去翻邮册，只有在"一筹莫展"的情况下，他才会认认真真地去翻、去看、去阅、去审、去查、去点自己库存着的花花世界、朗朗乾坤——通常总会获得灵感的火花，想出解决问题的方法与方案来。当年，领导任命他当司长专管狗事时，他就把自己关在书房里翻阅集邮册整整两天两夜的。

　　五天四夜过去，妻子蓝纱丝毫不见丈夫有"解套"的迹象，越发慌乱与谨慎起来。越是在困难的时候，金司长越不准妻子打扰，弄得结婚22年的妻子只能像贼一样蹑手蹑脚地将耳朵贴近房门，偷听书房内丈夫发出的任何音响——可是书房内的响动却愈来愈少。

　　要是丈夫被饿晕了，或是心脏病复发了……蓝纱越想越怕，终于找来一高一低两条凳子作垫脚，爬到书房的窗户上去偷看里面的情况。

　　真是不看不知道，一看吓一跳！书房里面集邮册丢得乱七八糟，一片狼藉，但就是见不到人！

　　"人呢？人呢？老公——你在哪里呀？"蓝纱顿时脑袋里像着了火，禁不住大声嘶叫起来。原来，金司长正好在妻子找凳子上窗台的时候走出了书房。

"喊啥！喊啥！喊魂呢？"蓝纱的背后忽然传来丈夫的厉声呵斥，悲喜交加的蓝纱转头见丈夫活生生地站着，没出一点事，便不顾一切地跳下窗台，扑到丈夫的怀里痛哭起来！谁知，这一扑——她的左手掌上的拇指、食指、中指的指甲在丈夫脸上划出了三道长长的红血痕。

妻子的这一扑一哭，终于使金司长明白了一个事实：名利地位皆虚幻，唯有亲人恩情真如铁。红楼神堡的堡主为了搞到一只会笑的狗，竟然大肆滥耍淫威，一再给——下属加压，威逼利诱全用上，既成立笑狗研发中心，又开办狗笑实验学校，结果害得38899名高级科研专家沦为狗学专家，且因完不成任务而发配到狼疆做狼仆；结果害得63972名杰出笑星因培养笑狗不得法而名誉扫地，丢了工作（其中绝大多数笑星逢狗就会笑，见人却再也不会笑了）。

妻子的这一扑一哭，终于使金司长作出了一个重要决定：上周正式通过鉴定的这条培育了十一年（抗日战争只用了八年）、体现红楼神堡科学家最新成果最高成就的真正会笑的狗，是无论如何都不能送到堡主那里去的，否则人的地位会进一步下降，而狗会越来越得宠，狗势必将似北京、上海、深圳的房价般提升。金司长悲叹道："一条会摇的狗尾巴竟然胜过万千有良心的人，一张会笑的狗脸，真不知会把世界颠覆成什么样子啊？"

金司长马上接通了堡主的电话，向堡主报告笑狗已经培育成功，要求尽快派堡主专机来接送。堡主闻报，大喜，欣然答应。

八小时后，堡主专机来到。

金司长挑选了二十四名贴身侍卫，认真检查了专机上的粮油后，带上妻子，护送笑狗登上堡主专机。只是专机没有往堡主指定的地方飞去，而是急冲冲地投向地球而来。

经过长途跋涉，专机终于平安降落到地球上。金司长受到了地球人的款待，成了地球村的特级狗长官。让金司长不明白的是，笑狗来到地球上后，竟然慢慢地改变了模样——越来越像人了！

三年后，金司长被地球人送进了精神病院，原因是他把朝他笑的人都当作了——狗！

逃离地球

近一个月来，止乌教授夫妇总做一个相同的怪梦，夫妇俩只要一合眼，马上就看见弥勒佛和无常鬼一前一后欢欢地跑过来叫爸爸妈妈。佛、鬼同来，不知是祸是福，是凶是吉？弄得止乌教授夫妇整日魂不守舍。

止乌教授夫妇虽是唯物论者，但夫妇竟然长时期做相同的怪梦，总觉蹊跷，整日惶恐不安，以至于两人每天晚上不敢轻易睡觉。

也难怪止乌教授夫妇要愁忧，毕竟令他们自豪的那对双胞胎儿子平平与民民远在天各一方的企鹅星与蚱蜢星上留学。8年前，作为全球第一对同胞兄弟被地外文明星球的大学录取而公派出球留学，止乌教授一家人真是如旭日东升，风光一世！不但平平与民民成为全球学子的楷模，而且原本默默无闻的止乌教授夫妇因"母凭子贵"而成为全球名人，光他俩的合著《育儿心法》就如春风扫遍大地，几乎每家一册了。然而，喜极忧来。从遥远的企鹅星与蚱蜢星上传回信息，平平与民民皆因"水土不服"，一进新环境便被送进医院治疗，弄得止乌教授夫妇每日以泪洗面，后悔当初不该贸然"去吃第一只螃蟹"。可是，上个月传来的消息不是说平平与民民的身体经8年治疗后"完全健康"了吗？怎么还会常做怪梦呢？难道平平与民民的身体状况又有了新的变化？止乌教授夫妇整天疑神疑鬼，虽怕乱想，却又止不住地乱想。

这天半夜，止乌教授夫妇又被怪梦惊醒，两人因挂念游子而抱头痛哭。忽听房门被敲得山响，又清清楚楚地听见有人叫："爸爸！妈妈！"

是久违了的平平与民民的声音！夫妇俩顾不得是梦是真，匆匆开门迎接。

天哪！门外赫然站着一个弥勒佛与一个无常鬼！止乌教授夫妇立时被吓昏了。经过七天八夜抢救，止乌教授才清醒过来，可怜的是，其妻因心肌梗死再也没活回来。

真是天方夜谭。

原来，平平与民民真的回来了，吓倒止乌教授夫妇的正是他们日思夜想的宝贝儿子平平与民民。企鹅星人个个很胖，都像弥勒佛一样，按他们的标准，平平当然是严重的营养不良者。经过8年的"治疗"，平平的身体已达标而"健康正常"，从医院出来，平平就急急去办理回乡探亲的手续。可是，蚱蜢星人与企鹅星人差别很大，蚱蜢星人个个骨瘦如柴，皆似骷髅。在蚱蜢星上，民民被诊断为严重的肥胖症患者、心脑血管病人，说他随时会中风、偏瘫。经过8年的"治疗"，民民已基本符合"健康标准"，医院才很负责任地把他放出来。兄弟俩心意相通，虽事先没有互相联络过，然"病愈"后第一件事都是"回乡探亲"，真是隔不断骨肉情，舍不弃故乡亲哪。

弄清原委后，可怜的是，在医院各"治疗"了8年的平平与民民，又被送进医院治疗，一个要紧急减肥，一个要紧急补养。

平平坚决抗议，他说："我根本没什么不适，身体健康得很，能吃能睡，脑子清晰，思维敏捷，舒坦着呢！"

民民也坚决不同意进医院，他说："目前一切感觉很好！地球人所谓的科学难道就是整个宇宙的真理？住了8年医院，怎么又要进医院？去外星水土不服，回地球了怎么还是水土不服？你们看不惯我就要我进医院，而我看不惯你们却没要你们进医院呀！"

止乌教授闻言后暗自伤神，不禁叹息道："没想到仅8年时间，地球上一对杰出的博士生，身心被摧残得如此不可救药……真是环境改造人哪！"

终于，平平与民民被关进了医院。

在没有说理余地的情况下，平平与民民暗地里向企鹅星人和蚱蜢星人发出呼救信号。

21天后，平平与民民在特级精神病院突然失踪，仅留下一张字条："爸，妈，地球上没有外星人居住的原因终于被我们找到了！能得到这一巨大研究成果，我们就可以得到'绿卡'，成为留学地的永久居民了。"

止乌教授读过平平与民民留给他的字条后明白，他的两个宝贝儿子已永远别地球而去了。

可叹的是，在匆忙逃离地球的时候，慌慌张张的平平与民民上错了同时到达的分别来自企鹅星与蚱蜢星的无人驾驶救援飞船……